Catherine Wilkins wuchs zusammen mit einem jüngeren Bruder, zwei Hunden und einer Katze in Herfordshire auf. Und obwohl ihre Rechtschreibung und ihre Grammatik grauenhaft waren, wollte sie schon immer Schriftstellerin werden. Sie hat bisher als Pizzalieferantin, Versicherungsmaklerin, Supermarktmitarbeiterin, Müllsammlerin, Rezeptionistin, Sekretärin, Kassiererin, Kellnerin, Stand-up-Komikerin und Schriftstellerin gearbeitet. Der Beruf, der ihr dabei bis jetzt am besten gefallen hat, ist der der Schriftstellerin. Sie liebt es, zu reisen und war schon in Amerika, Afrika, Indien, Europa und Kuba. Sie lebt mit ihrem Mann in London und hofft, dass sie noch viele Bücher schreiben und viele Länder bereisen wird.

Catherine Wilkins

Aus dem Englischen von Christine Spindler
Mit Illustrationen von Sarah Horne

Oetinger Taschenbuch

Außerdem bei Oetinger Taschenbuch erschienen:

*Meine schrecklich beste Freundin
und andere Katastrophen*

1. Auflage 2017
Oetinger Taschenbuch in der Verlag Friedrich Oetinger GmbH,
Poppenbütteler Chaussee 53, 22397 Hamburg
Dezember 2017
Alle Rechte dieser Ausgabe vorbehalten
© Originalausgabe: Nosy Crow® Limited, 2013
This translation of My Brilliant Life and other Disasters is published
by arrangement with Nosy Crow® Limited.
Originaltitel: »My Brilliant Life and other Disasters«
© Text: Catherine Wilkins
© Deutsche Erstausgabe: arsEdition GmbH, Friedrichstraße 9,
80801 München, 2015
Einband und Illustrationen von Sarah Horne
Umschlaggestaltung: Grafisches Atelier arsEdition
Aus dem Englischen von Christine Spindler
Druck: GGP Media GmbH,
Karl-Marx-Straße 24, 07381 Pößneck, Deutschland
ISBN 978-3-8415-0478-4

www.oetinger-taschenbuch.de

Für Pat, Christopher, Joy und Colin. C.W.

1. Kapitel

»Sag mal, Jess, hörst du mir überhaupt zu?«, fragt Natalie.

»Na klar«, schwindle ich. In Wirklichkeit war ich meilenweit weg und habe an den Comic gedacht.

»*Und …?*«, sagt Nat. Widerstrebend lasse ich mich an unsere Tische in der 6c zurückholen. Ich versuche, meinen entrückten Blick in einen nachdenklichen Gesichtsausdruck zu verwandeln.

Es ist Dienstag, kurz vor dem Ende der Mittagspause. Natalie und Amelia planen Amelias Pyjama-Party am Samstag. Aber ich beschäftige mich gerade mit etwas *viel* Wichtigerem: Ich hatte einen genialen Einfall für einen Cartoon über eine Biene und eine Wespe, die sich streiten.

»Also?«, gibt Nat mir das Stichwort. »Was für Süßigkeiten wollen wir besorgen?«

»Oh, äh. Also, ich mag Brausestäbchen«, antworte ich.

»Ja, aber nicht jeder mag Brausestäbchen«, sagt Amelia.

Mal ehrlich, war diese Frage so wichtig, dass man mich deswegen aus meinen Gedanken reißen musste? Manchmal kommt es mir nicht so vor, als ob Natalie und Amelia es zu würdigen wissen, dass ich jetzt Teil eines kreativen Weltunternehmens bin.

(Ihr wisst schon, eines Tages – möglicherweise – in der Zukunft. Man muss sich hohe Ziele setzen.) Morgen wird der Comic erscheinen, an dem ich mit Joshua und den anderen gearbeitet habe. Ich bin deswegen tierisch aufgeregt.

»Wie wäre es dann mit einer Mischung aus Süßigkeiten mit und ohne Brause?«, schlage ich geduldig vor.

Versteht mich nicht falsch. Ich bin megaglücklich, dass Nat und ich uns versöhnt haben. Natalie ist meine beste Freundin, seit wir zum ersten Mal erfahren haben, dass der alte McDonald eine Farm mit seltsamen, musikalischen Tieren besitzt. Und als wir uns im letzten Schuljahr verkracht und nicht mehr miteinander geredet haben, war es einfach *grauenhaft*.

»Ja, aber *welche*?«, fragt Amelia.

Gleichzeitig kann ich nicht anders, als mich über den Aufwand zu wundern, mit dem eine Pyjama-Party geplant wird. Sollten Pyjama-Partys nicht in erster Linie Spaß machen? Ich finde den Verwaltungsaufwand, den sie betreiben, völlig übertrieben.

Ich kann es kaum noch glauben, dass ich so eifersüchtig war, als Natalie sich mit Amelia, dem hochnäsigen neuen Mädchen in unserer Klasse, angefreundet hat. Nachdem sie mich in ihre geheime, besondere Welt aufgenommen haben, fand ich nämlich heraus, dass sie ihre Zeit überwiegend damit verbringen, Listen zu schreiben.

»Ich weiß nicht, was gibt es denn für welche?«, frage ich.

»Ich mache eine Liste«, sagt Nat. (*Seht ihr?*) Sie kramt einen Stift und Papier raus. Amelia beginnt zu diktieren, und ich merke, wie ich in Gedanken wieder wegdrifte.

»Wir sollten unbedingt Lakritze besorgen, weil meine Cousine Scarlett die so mag«, sagt Amelia. »Ich kann es kaum erwarten, dass ihr sie kennenlernt, Babes. Sie ist absolut *umwerfend.*«

Babes. Ich runzle die Stirn. Und nicht schon wieder Scarlett! Amelia ist derart aus dem Häuschen, weil ihre »absolut umwerfende«, »total coole« Cousine am Samstag dabei sein kann, dass sie über so gut wie nichts anderes mehr redet.

Wenn man Amelia so hört, könnte man meinen, Scarlett hätte im Alleingang alles erfunden: Mode, Musik und das Internet. Meine Erfahrung hat gezeigt: Wenn Amelia etwas umwerfend findet, dann finde ich das höchstwahrscheinlich nicht.

Na egal, Hauptsache, wir vertragen uns jetzt *wirklich gut.*

»Du musst nicht kommen, weißt du«, sagt Amelia zu mir, als sie meinen Gesichtsausdruck bemerkt.

Nun, wir verstehen uns *beinahe wirklich gut.* Es klappt fast wie am Schnürchen. Jedenfalls immer dann, wenn es nicht völlig in die Hose geht.

»Warum sagst du so was?«, frage ich.

»Na, warum machst du so ein Gesicht?«, fragt Amelia.

»Was für ein Gesicht?«

»Als ob das alles deiner nicht würdig wäre und dich langweilen würde«, sagt Amelia.

»Mein Gesicht sieht nun mal so aus!«, protestiere ich. »Aber, um ehrlich zu sein, ich finde das alles meiner echt nicht würdig und du langweilst mich ganz gewaltig«, füge ich hinzu, allerdings nur in Gedanken. Aber wie konnte Amelia das alles an meinem Stirnrunzeln erkennen?

Es geht doch nichts über einen einvernehmlichen Waffenstillstand. Und das ist alles andere als ein einvernehmlicher Waffenstillstand. Haha. Ich hab's noch drauf. *Hmmm.*

Amelia und ich sind wie Hund und Katze. Oder wie ein

Hund und eine richtig fiese, überhebliche Zicke, die am Anfang der sechsten Klasse an die Schule des Hunds kam und ihm die beste Freundin ausgespannt hat; und die ständig darüber abklästert, wie unmodisch und unreif der Hund ist; und die eine Geheimbande gründet und dem Hund nicht erlaubt mitzumachen, sodass ihm nichts anderes übrig bleibt, als seine eigene gegnerische Geheimbande zu gründen. (Ich bin in diesem Vergleich der Hund.)

Der Fairness halber sollte ich sagen, dass Amelia den ganzen Mist bleiben lässt, seit wir uns alle versöhnt haben. Sie hat aufgehört, meine Kleidung als »Pseudo-Armani« zu bezeichnen.

Ja, in dem Bemühen, das Kriegsbeil zwischen unseren rivalisierenden Geheimbanden (die nie besonders geheim waren) zu begraben, hat Amelia uns auf dem einzigen Weg zusammengebracht, der für sie denkbar war: mit Verwaltungskram.

Anstatt die beiden gegnerischen Banden einfach aufzulösen, hielt Amelia es für besser, sie unter einem neuen Bandennamen zu vereinen. Es musste ein neuer Name sein, denn sonst »würden wir jeweils unseren eigenen Namen verwenden wollen«.

Da lag sie nicht ganz falsch, denn meine Bande hatte einen genialen Namen. Sie hieß »Außergewöhnlich Clevere Einfälle« oder kurz ACE (danke, vielen Dank.) Amelias und Natalies Bande hieß »Coole Abgefahrene Chicks« oder CAC. (Ich fand, dass sich das anhörte wie eines der weniger schlimmen Schimpfwörter für »Scheiße«.)

Ich habe gerade mit Joshua am Comic gearbeitet, als Amelia mit den anderen zusammen den neuen Gangnamen besprochen hat, und als ich nach der Mittagspause zurückkam, erfuhr ich, dass Amelia sich für »Großartige Unzertrennliche Freunde« entschieden hatte. Oder, wie es abgekürzt unglücklicherweise heißt: GUF.

Jap. Ihr habt richtig gehört. *Guf.* Ganz genau.
Amelia hat im letzten Halbjahr in puncto Akronyme nichts dazugelernt.

Als ich endlich Gelegenheit hatte, sie darauf aufmerksam zu machen, dass sich das auf Suff und Puff reimt – was beides nicht wirklich positive Assoziationen weckt –, war der Antrag schon angenommen worden und mein Argument verpuffte (haha, es verpuffte).

Natürlich besteht Amelia darauf, dass man es G.U.F. ausspricht, aber ich denke, wir wissen alle, wie das läuft. Wir hätten uns ACE nennen können. Diese Idioten.

Trotzdem hat es Spaß gemacht, für alle Mitglieder neue Cartoon-Buttons anzufertigen. (Obwohl ich der Versuchung widerstand, Schnapsflaschen draufzuzeichnen, auch wenn Joshua meinte, ich würde mich bestimmt nicht trauen, was es natürlich noch reizvoller machte. Und ich schrieb G.U.F. in winzigen Buchstaben.)

Gerade versucht Natalie, mich vor Amelias Anschuldigung in Schutz zu nehmen. »In echt, Amelia, Jess hat nun mal ein etwas seltsames Gesicht.« Danke, Natalie. Immerhin *nimmt* sie mich in Schutz. Das ist ein gewaltiger Fortschritt gegenüber dem letzten Halbjahr.

»Hey, Jessica?«, werden wir von Hannah, einem Mädchen aus unserer Klasse, unterbrochen.

»Äh, ja«, antworte ich.

»Kannst du bitte ein Kaninchen auf mein Schmierheft zeichnen?«

»Na klar«, antworte ich glücklich. Dann wende ich mich gespielt arrogant an Natalie und Amelia. »Entschuldigt mich bitte einen Augenblick, meine Damen. Mein Job als Cartoonistin ruft. Danach können wir gern weiter über mein seltsames Gesicht reden, wenn ihr mögt.«

Natalie lacht und dann sieht sie mich mit einer hochgezogenen Augenbraue an. »Du hast dich verändert«, sagt sie.

Ich weiß, dass Nat nur einen Witz gemacht hat, aber ich habe mich *nicht* verändert. Nur weil ich jetzt meine, dass ich genial gut Cartoons zeichnen kann, heißt das noch lange nicht, dass ich eingebildet bin oder so. Hmmm. Trotzdem.

Und überhaupt, denke ich, während ich von der Bushaltestelle nach Hause gehe, können Natalie und Amelia vielleicht einfach nicht damit umgehen, dass ich jetzt beliebt und umwerfend bin. Also, mehr oder weniger. *Ich* bin sozusagen diejenige, die von den CAC-Mädchen nicht mehr *offen* gemobbt wird. Und auch das ist ein großer Fortschritt gegenüber dem letzten Halbjahr.

Tatsache ist jedenfalls, dass ich mich nicht verändert habe. Was sich verändert hat, ist die Art, wie mein Talent von anderen wahrgenommen wird. (Man tuschelt schon ein bisschen über das morgige Erscheinen des Comics. Es wird den sechsten Jahrgang im Sturm erobern.) Aber ich bin dieselbe Person, die ich seit jeher war.

Und ich habe immer schon für andere Cartoons auf ihre Hefte gezeichnet. Es stimmt, dass ich jetzt öfter darum gebeten werde, aber wisst ihr, Cartoons waren immer schon mein *Ding*. Ein klarer Fall von Eifersucht, beschließe ich, als ich in die Küche komme.

Zum Glück ist bei uns daheim der Sparkurs vorbei, den meine Eltern im letzten Halbjahr eingeführt haben.

»Du musst zwei Teebeutel nehmen, diese Billigmarke schmeckt nach nichts«, weist Mum gerade Dad an, der Teewasser kocht und nebenbei eilig die Einkäufe verstaut.

Sofort werde ich hellhörig. Preiswerte Teebeutel? Ich sehe, dass alle Artikel dasselbe Superbillig-Markenlogo tragen. Superbillig-Dosentomaten, Superbillig-Kürbis, Superbillig-Cornflakes. Wenn etwas nicht nur billig, sondern superbillig ist, dann kann das nichts Gutes bedeuten.

»Hi«, sage ich misstrauisch, während Mum den Sandwichtoaster aus dem überfüllten Schrank zerrt. Für einen Augenblick freue ich mich, denn ich liebe Sandwichtoast mit Käse. Aber die Freude vergeht mir gleich wieder, als ich sehe, wie Mum ungeduldig versucht, eine dünne Scheibe Superbillig-Brot zu buttern.

»Hi«, erwidert sie abwesend. Das Messer rutscht ins Brot und reißt mehrere Löcher hinein.

Ich behaupte ja nicht, Experte für Sandwichtoast zu sein, aber ich weiß, dass es eine Riesensauerei geben wird, wenn der Käse schmilzt. Ich möchte Mum gern darauf hinweisen, aber sie reagiert auf *konstruktive Kritik* sehr empfindlich. Ich muss äußerst taktvoll vorgehen.

»Äh, was ist denn mit dem Brot los?«, sage ich, vielleicht eine Spur zu direkt.

»Reiz mich bloß nicht!«, fährt Mum mich an.

»PPPRRRRAAAAAAAAASSSSCCCHHH!«

In dem Augenblick kommt mein kleiner Bruder Ryan reingerannt. Er hält die Arme über den Kopf und tut so, als wäre er eine Rakete.

Er macht so einen Radau, dass es sich anfühlt, als würde das Haus wackeln. Wenn das ein Cartoon wäre, würde Putz von der Decke bröckeln, in der Nachbarschaft würden Hunde zu bellen anfangen, und es gäbe eine Einstellung, auf der man die Erde aus dem All sehen würde und wo Ryans Stimme immer noch zu hören wäre. Aber hier fängt nur Mums linkes Auge ein wenig zu zucken an.

»*Zimmer*lautstärke, Ryan, bitte«, sagt Dad ruhig, so als hätte Ryan nur den Bruchteil eines Dezibels zu laut geredet.

Ryan bleibt stehen und blinzelt Dad mit immer noch erhobenen Armen sichtlich überrascht an. »Aber Daddy, das geht nicht, ich bin doch eine *Weltraum*rakete«, erklärt er, als wäre Dad nicht ganz bei Trost. Dabei ist er nicht derjenige, der einen Helm trägt und sich für eine Rakete hält.

»Wenn du nicht aufhörst, so einen Krach zu machen, dann bekommst du mächtig Ärger«, droht Dad in höflichem Ton.

»Däng däng *däng!*«, ruft Ryan dramatisch und macht dabei das Geräusch, das man manchmal hört, wenn ein Fernsehfilm mit einem Cliffhanger endet oder die Handlung eine unerwartete Wendung genommen hat.

Insgeheim finde ich das irgendwie witzig. Aber dass Ryan dabei so laut ist, gefällt mir weniger. Ryan ist so süß, wie er nervig ist. Manchmal bin ich hin- und hergerissen, ob ich über ihn lachen oder ihn anmotzen soll. Ich weiß, dass er nichts dafür kann. Er ist ja erst sechs Jahre alt. Aber *trotzdem*. Wieso spielt er nicht eine Rakete, die mit abgestelltem Triebwerk lautlos irgendwo parkt?

Ryan scheint den Wink aber kapiert zu haben, also wende ich mich wieder an Mum. »Ich wollte dich nicht … reizen«, sage ich vorsichtig, um sie nicht unnötig aufzuregen. »Aber dieses Brot sieht für Sandwichtoast viel zu locker aus. Warum kaufst du nicht das gute Zeug?«

»Weil es zu teuer ist«, sagt Mum verärgert.

»Aber ich dachte, der Sparkurs wäre vorbei«, protestiere ich, auch wenn es angesichts der Beweislast zwecklos ist.

Es war grässlich, als wir auf Sparkurs lebten. Mum weigerte sich, irgendetwas Frisches zu kaufen, solange in den Küchenschränken oder im Kühlschrank noch etwas Essbares zu finden war. Also gab es Kombinationen wie Fischstäbchen mit roten Rüben aus der Dose, und das nannten meine Eltern dann Abendbrot.

»Der Sparkurs *ist* vorbei«, sagt Dad.

»Und was soll das dann alles?«, frage ich.

»Nun …«, Dad macht eine nachdenkliche Pause, »… jetzt *schnallen wir den Gürtel enger.*«

»Däng däng *däng!*«, ruft Ryan.

2. kapitel

»Ohne spitzfindig sein zu wollen«, sage ich vorsichtig, weil Mum immer noch leicht verärgert wirkt und ich nicht möchte, dass sie einen ihrer Wutausbrüche bekommt, »aber das meint dasselbe, klingt nur anders.«

»Es ist ähnlich«, stimmt Dad mir zu.

»Als ihr gesagt habt, dass der Sparkurs vorbei wäre, war er in Wirklichkeit also kein bisschen vorbei«, fahre ich fort.

»Habt ihr gelogen?«, fragt Ryan, plötzlich sehr interessiert.

»Sag nicht lügen, sag flunkern«, antwortet Dad. »Das ist höflicher.«

»Oh, Verzeihung«, antworte ich sarkastisch. »Also habt ihr uns höflich, aber gewaltig, gigantisch und episch angeflunkert?«

»Nein«, sagt Dad. »Wir schnallen den Gürtel enger. Das *ist* etwas anderes. Und dabei lernt ihr auch noch den verantwortungsvollen Umgang mit fiskalischen Ressourcen.«

Wenn Dad glaubt, er könnte den Streit gewinnen, indem er Wörter verwendet, die ich nicht kenne – dann hat er zunächst recht. Aber ich werde das später googeln.

»Warum macht ihr Kinder euch nicht nützlich und deckt den Tisch?«, sagt Mum.

»Warum«, gebe ich zurück, »essen wir nicht einfach mit den Händen und sparen Spülmittel? Vielleicht gibt es auch ein bisschen geschmacklose Pappe, die wir futtern könnten. Das wäre billiger und würde nicht so viel Dreck machen wie richtiges Essen.«

Meiner Mum kann man nicht mit Sarkasmus kommen. »Sagte ich nicht gerade, dass du mich nicht reizen sollst?«, fragt sie und knallt das Buttermesser auf die Arbeitsplatte.

»Tee!«, ruft Dad dazwischen. »Der Tee ist fast fertig. Dauert nicht mehr lange.« Dann fügt er mit barschem Unterton an mich gewandt hinzu: »Jessica, tu bitte, worum man dich bittet.«

»Aber ich dachte, es sei gut, seine Meinung zu äußern«, widerspreche ich frech. »Das hat Tante Joan gesagt.«

»Tja, Tante Joan denkt auch, sie hätte Bigfoot gesehen«, seufzt Dad und reicht Mum eine Tasse Tee.

Ich muss wohl akzeptieren, dass sie diese Runde gewonnen haben, und beginne murrend, Ryan Besteck zu reichen.

Das Problem mit meiner Mum ist, dass sie im Grunde ein wunderbarer Mensch ist, innen drin, aber dass sie nach außen hin ein wenig zu Wutausbrüchen neigt, wenn man sie nicht ständig mit Tee besänftigt. Dafür gibt es vielleicht einen medizinischen Fachbegriff. *Tee-Wut-initus* oder so.

Sie ist in vielerlei Hinsicht sehr ausgeglichen. Sie regt sich nur auf, wenn etwas *zu teuer* ist, oder *zu laut* oder *zu unordentlich*. Der Hauptgrund für ihr Leiden ist also der Umstand, dass sie mit uns zusammenlebt.

Manchmal regt sie sich über Kleinigkeiten auf. Wenn irgendwo eine lange Schlange ist; wenn jemand die Schere nicht an

ihren Platz zurückgelegt hat; oder wenn meine große Schwester Tammy an einer Kundgebung teilnimmt und verhaftet wird.

In letzter Zeit nervt es sie, dass der Seitenspiegel an unserem Auto mit Klebeband befestigt ist, während unsere direkten Nachbarn (die VanDerks, mit denen sich meine Eltern merkwürdigerweise immer messen müssen) am laufenden Band mit ihrem neuen Auto angeben. Sie sagt dann immer wörtlich, das sei *die Hölle*.

Aber von all dem abgesehen ist sie ausgesprochen liebenswert.

Also, was hat zwei Daumen und musste gestern zum Abendbrot steinharten Sandwichtoast essen? *Die da.* (Ihr könnt mich nicht sehen, aber ich zeige gerade auf mich selbst, mit beiden Daumen. So weit kapiert? Ich weiß, ich krame alte Witze aus, aber ein guter Gag ist eine sichere Bank.)

Es hat mir wirklich nichts ausgemacht, denn es hat trotzdem gut geschmeckt. Und im Großen und Ganzen finde ich mein Leben zurzeit völlig in Ordnung. Und wie man so schön sagt, morgen sieht alles anders aus.

Nun, genau genommen ist heute morgen. Ich meine damit, es ist der nächste Tag. Heute, jetzt. Ihr versteht schon. Um genau zu sein, ist es Mittwoch. Ich bin in meinem Klassenzimmer, wo gerade unsere Namen aufgerufen werden, und tue so, als würde mich Natalie und Amelias Liste ihrer fünf beliebtesten Popstars interessieren.

Aber was noch viel wichtiger ist, heute erscheint mein erster Comic! Mir schießt kurz durch den Kopf, wie berühmt ich sein müsste, damit man den Wochentag mir zu Ehren umbenennen würde. (Ich habe mich aber eindeutig nicht geändert. Eindeutig nicht.)

Ich habe gestern nach dem Abendbrot im Internet das Wort »fiskalisch« nachgeschaut. Ich bekam eine Menge Suchergebnisse, die mit Wirtschaft und Regierungen und Staatskassen zu tun hatten. Soweit ich das verstanden habe, bedeutet »fiskalisch« so viel wie finanziell, also dass eine Sache mit Geld zu tun hat.

Warum hat Dad nicht einfach gesagt, dass wir mit unserem Geld vorsichtig umgehen müssen? Er kann es noch so sehr mit Fremdwörtern umschreiben – ich gehöre zur Generation Google und wir können das alles entschlüsseln. (Solange wir einen Internetzugang haben.) Wir sind schon mal mit wenig Geld ausgekommen, das schaffen wir auch wieder. Ich wünschte nur, meine Eltern würden offen darüber reden.

Ich sollte unbedingt ein Eltern-Handbuch oder etwas in der Art schreiben. Hey, vielleicht wäre das eine witzige Idee für den Comic! Aber die Glocke läutet, bevor ich dazu komme, die Idee zu notieren.

Blöde Morgenversammlung, die meine Inspiration stört, denke ich schmollend auf dem Weg in die Aula.

»Was ist mit dir los?«, flüstert Natalie, als wir uns am Ende unserer Schlange anstellen.

»Ach nichts, es ist nur – he, du hast nicht zufälligerweise einen Stift dabei?«, flüstere ich zurück. Vielleicht könnte ich die Idee schnell auf die Rückseite des Zettels mit dem Morgenlied kritzeln.

»Hmmm, lass mich nachdenken …« Nat tut so, als würde sie auf der Suche nach einem Stift ihre nicht vorhandenen Taschen abklopfen. »Äh, *nein.*« Sie runzelt fragend die Stirn.

»Alles easy, ich wollte nur eine Idee aufschreiben, die … ach, ist egal«, flüstere ich. Plötzlich ist es mir ein bisschen peinlich. Natalie und Amelia kapieren nicht, wie genial der Comic ist, darum ist er ihnen nicht so wichtig wie mir.

»Gott, dein Leidender-Künstler-Getue ödet mich dermaßen an«, flüstert Amelia, und Natalie kichert, was mich wirklich gewaltig ärgert.

Ach ja? Nun, mich ödet dein Gesicht an, denke ich. Und überhaupt, was denn für ein Leidender-Künstler-Getue? Ich bin ein *glücklicher* Künstler. Ich sage aber nichts, und wahrscheinlich ist es besser so. Mir fallen bestimmt noch geistreichere Bemerkungen ein.

In der Aula hängt eine Ankündigung, dass nach dem Mittagessen eine zusätzliche Versammlung für die sechste Jahrgangsstufe stattfindet. Mir ist aber egal, worum es dabei geht. Das wichtigste Ereignis ist für mich heute das Erscheinen unseres Comics in der Mittagspause. Selbst über Amelias Beleidigung ärgere ich mich heute nicht lange, denn dazu bin ich viel zu aufgeregt.

Ich kann es kaum erwarten, dass die Doppelstunden in Englisch und Werken endlich vorbei sind, was eine Schande ist, denn ich mag Werken und habe nichts gegen Englisch. Aber ich kann mich beim besten Willen nicht auf den Unterricht konzentrieren.

Meine Freundinnen Cherry und Shantair sagen mir in Werken sogar, dass ich endlich aufhören soll, über den Comic zu faseln (was an sich schon bemerkenswert ist, denn die beiden sind meine Freundinnen aus dem Schachclub und normalerweise viel zu schüchtern, um so etwas zu sagen). Aber sie legen Wert auf gute Noten und ich habe sie abgelenkt.

Zum Glück sind sie nicht nachtragend und am Ende der Stunde versöhnen wir uns wieder. Und Shantair ist immer noch damit einverstanden, dass wir ihr Haarband benutzen, wenn wir beim Mittagessen feierlich den Comic vorstellen.

Meine Freundinnen Emily, Megan und Fatimah sind aufgeregter als die beiden anderen. Das sind meine Freundinnen, die lieber Spaß haben, als zu lernen. Sie stupsen mich in Werken immer wieder an und zeigen mir den hochgereckten Daumen. Ich glaube, das gehörte zu den Sachen, von denen sich Cherry und Shantair gestört gefühlt haben.

Ich sitze in diesen Fächern nicht neben Natalie, weil wir am Anfang des sechsten Schuljahrs alle umgesetzt wurden und sie neben Amelia gelandet ist.

In Werken fange ich hin und wieder Joshuas Blick auf, den er mir quer durch den Raum zuwirft. Ich glaube, wir sind beide ein bisschen nervös, aber zufrieden.

Joshua ist mein neuester Freund. Das ganze Schuljahr saß ich in Kunst schon neben ihm, aber er hat nicht viel mit mir geredet (abgesehen von dem »Was würdest du lieber machen?«-Spiel, das ich als Geistesblitz mal in einer Stunde vorgeschlagen habe).

Als ich mich dann mit Natalie verkracht habe, bin ich mehr mit meinen anderen Freunden herumgehangen, und um es kurz zu machen: Joshua und ich fanden heraus, dass wir beide Cartoons mögen. Es war seine Idee, einen Comic ins Leben zu rufen.

Endlich läutet die Glocke zur Mittagspause. Mein Magen schlägt einen Purzelbaum. Es kann losgehen.

3. kapitel

»Hiermit verkünde ich, dass der erste *Höll*fern-Comic offiziell erschienen ist!«, dröhnt Tanya Harris und durchschneidet Shantairs Haarband, das um die erste Ausgabe gewickelt ist. Unsere acht Zuschauer in der 6c applaudieren höflich. Natalie, Amelia, Shantair, Cherry, Megan, Emily und Fatimah (also die ehemaligen ACE-Mitglieder, die jetzt eine Hälfte von GUF sind). Auch Harriet VanDerk ist da, um »zu kontrollieren, ob wir es richtig machen«.

»Jetzt!«, befiehlt Tanya, und wie aufs Stichwort ziehen Lewis und ich an den Schnüren von zwei Partybomben. Konfetti wird in die Luft geschleudert und landet größtenteils auf den Köpfen von Tanya und Joshua. Emily pfeift durch die Finger (was ich leider nicht kann). Ich widerstehe dem Drang, laut »Tadaaaaa!« zu rufen.

Ich finde, dass der Comic wunderschön geworden ist. Er ist nicht besonders dick, eigentlich nur ein gefaltetes Din-A4-Blatt, das Lewis heimlich auf dem modernen Drucker von seinem Dad vervielfältigt hat.

Auf dem Cover ist eins meiner Schaf-Cartoons, die inzwischen richtig berühmt sind. Diesmal zeigt es unsere Französischlehrerin Miss Price. Auf dem Cartoon ist ein Schüler am Ersticken und kann nur noch quieken: »Rufen Sie den Notarzt!« Miss Price antwortet daraufhin: »Nur, wenn du es auf Französisch sagst!«

(Miss Price besteht darauf, dass wir in ihren Stunden nur Französisch reden. Manchmal lässt sie jemanden nicht mal aufs Klo gehen, außer er sagt es auf Französisch. So lernen wir manchmal mehr Pantomime als Französisch, aber da die Pantomime eine französische Erfindung ist – glaube ich jedenfalls –, gehört das durchaus zum Unterricht.)

Auf Seite zwei, der Umschlaginnenseite, ist ein Quiz, das Tanya und ich uns gemeinsam ausgedacht haben. »Welcher Charakter aus *Eastenders* bist du?« Es ist eine Parodie auf die Tests in Zeitschriften, wo man je nach Antwort einem Pfeil zur nächsten Frage folgen muss.

Auf Seite drei ist ein Comicstrip, den Joshua und Lewis gezeichnet haben. Er heißt »Roland, der schwächelnde Superheld« und ich finde ihn toll. Roland ist ein bisschen stärker als ein normaler Mensch, aber nicht stark genug, um ein Auto hochzuheben, wenn jemand darunter eingeklemmt ist. Und er kann durch Wände hören, aber nicht gut genug, um zu verstehen, was die Bösewichte miteinander reden. Er versteht nur undeutlich ein paar Worte. Darum ist er eher mittelmäßig in der Verbrechensbekämpfung.

Die vierte und letzte Seite, die zugleich die Rückseite ist, enthält witzige erfundene Neuigkeiten und Gerüchte über unsere Schule. Sachen wie: »Welcher Lehrer wurde dabei beobachtet, wie er ins Lehrerzimmer ging, während ihm ein Popel aus der Nase hing?« Zu der Seite hat jeder von uns etwas beigetragen. Es hat unheimlich Spaß gemacht, sich verrückte Sachen auszudenken, bei denen man Lehrer erwischen könnte.

Als wir diese Seite gemacht haben, ist uns allerdings auch klar geworden, dass niemals ein Lehrer diesen Comic in die Finger bekommen darf, NIEMALS. Er muss unbedingt ein Geheimnis bleiben. Wir glauben irgendwie nicht, dass sie die Witze verstehen und lustig finden würden.

»Rede! Rede!«, ruft Megan.

»Wenn ein Comic erscheint, wird normalerweise *keine* Rede gehalten«, mischt sich Harriet VanDerk ein.

»Woher willst du das denn wissen?«, frage ich sie genervt. Doch anstatt zu antworten, lächelt sie nur überheblich.

»Egal«, sagt Tanya und lehnt sich an unseren Tisch in der 6c. »Tanya Harris hält keine Reden. Das ist Showbiz, nicht Nerdbiz.«

Harriet ist klug genug, nicht zu widersprechen. (Ich schätze, das liegt nicht daran, dass sie so von der Show beeindruckt war, als das Band durchgeschnitten und die Partybomben gezündet wurden, sondern daran, dass sie Angst vor Tanya Harris hat.)

Ich dachte ehrlich gesagt, dass wir mit den Partybomben ein bisschen zu weit gegangen wären (weil wir die Sache ja vor den Lehrern geheim halten wollen), aber Tanya bestand auf etwas Effekthascherei. Und Tanya Harris widerspricht man nun mal nicht. Ich meine, man könnte schon, aber dann sollte man: (a) wissen, wo die Notausgänge liegen, und sich (b) genau überlegen, ob es die Sache wert ist.

Tanya kann sehr ungemütlich werden. Jedenfalls war das früher so. Die Zeiten, wo sie Mrs Cole ins Gesicht gespuckt hat (und dafür einen Verweis bekam) oder Mr Dentons Auto mit dem Schlüssel zerkratzt hat (und dafür einen Verweis bekam), scheinen vorbei zu sein. Sie hat seit Ewigkeiten niemandem mehr Kaugummi in die Haare geklebt. (Eine große Erleichterung für Amelia, die dabei ihr liebstes Opfer war, weil Tanya sie für hochnäsig hielt. Das war sie auch, aber *trotzdem*.)

Einige Leute würden denken, dass man nicht ganz dicht sein muss, um ausgerechnet mit Tanya zusammenzuarbeiten. Denen würde ich sagen: »Ja, stimmt tatsächlich.« Und Lewis hat bei unserem ersten Comic-Meeting genau das zu bedenken gegeben.

Das ist im Wesentlichen so abgelaufen: Es war das Ende des letzten Halbjahrs kurz vor den Osterferien. Natalie und ich waren gerade wieder beste Freundinnen geworden. Ich war in die

Bibliothek gegangen, um Joshua und seinem Freund Lewis ein paar meiner Comic-Entwürfe zu zeigen.

Wir hatten alles Mögliche diskutiert, was wir machen könnten, als plötzlich die Frage aufkam, wie wir den Comic überhaupt nennen wollten. Joshua hatte eine Idee. Er sagte: »Ich glaube, wir nennen ihn ...«

»*Höll*fern Juniors!« Tanya war dramatisch in die Ruhezone geplatzt und hatte uns unterbrochen.

Joshua und Lewis waren überrascht, sie zu sehen, und Tanya erklärte, dass ein »kleines Vöglein« ihr zugezwitschert hätte, dass wir einen Comic mit »ihrer Idee« herausgeben wollten und dass wir uns abschminken könnten, ihr die Idee zu klauen.

Joshua warf ein, dass es einfach nur ein witziger Name sei, falls es überhaupt der gewesen wäre, den er hatte vorschlagen wollen. Und dann wurde Tanya richtig fuchsig. »Falls du es vergessen haben solltest, unsere Schule heißt nicht *Höll*fern, sondern *Hill*fern. Ich habe gesagt, dass unsere Schule die Hölle wäre, und habe Toons gebeten«, sie deutete auf mich, »einen Cartoon darüber zu zeichnen und die Schule *Höll*fern zu nennen. Der Name gehört mir.«

(Tanya nennt mich Toons, weil ich Cartoons zeichne. Okay, das habt ihr euch sicher schon gedacht.)

Es stimmte. Tanya hatte mir wirklich gesagt, dass ich einen *Höll*fern-Cartoon von unserer Schule zeichnen sollte. Sie war damals sauer, weil sie nachsitzen musste, und behauptete, sie sei »reingelegt« worden. Ich zeichnete das Gebäude, wie es in Flammen stand, und schrieb mit gruselig aussehenden Buchstaben »*Höll*fern Juniors« auf ein Schild davor. Das gefiel Tanya so gut, dass sie den Cartoon kopierte und überall in der Schule verteilte.

»Also gut, dir ist ein Wortspiel eingefallen«, sagte Joshua.

»Jap. Also gehört es *mir*«, sagte Tanya.

»Es gehört dir nicht«, widersprach Lewis.

»Oh doch«, sagte Tanya und fügte hinzu: »Ich habe *Law and Order*, gesehen. *Höll*fern ist mein *intellektuelles* Eigentum.«

Es wurde ganz still, als uns aufging, dass Tanya nicht nur den Streit gewonnen hatte, sondern dass zudem das furchteinflößendste Mädchen an unserer Schule gerade den juristischen Begriff »intellektuelles Eigentum« verwendet hatte.

Bis zu dem Zeitpunkt hatte man sich Tanyas Umgang mit Recht und Gesetz eher so vorgestellt, dass sie die Rolle der Angeklagten hatte, nicht die der Staatsanwältin. (Aber das zeigt nur, wie ungerechtfertigt Vorurteile manchmal sind.)

Joshua sah resigniert drein. »Na gut, Tanya, was willst du also von uns?«, fragte er.

»Ich möchte mitmachen«, sagte Tanya.

Ich kam mir vor, als wäre ich in einem Film. Ich hätte nie gedacht, dass ich an unserer Schule mal an einer Unterhaltung teilnehmen würde, in der jemand tatsächlich sagte: »Ich möchte mitmachen.« Und dabei hatte ich letztes Schuljahr sogar eine Bande und alles.

Zu meiner Enttäuschung hatten die anderen überhaupt nicht mitbekommen, wie sehr ich mich insgeheim freute. Sie schienen alles tierisch ernst zu nehmen. Ich war nahe dran, darüber zu scherzen, dass wir nur so weitermachen müssten, dann würde es damit enden, dass wir in Taxis sprangen und riefen: »Folgen Sie dem Wagen!« Aber ich hatte den Eindruck, dass jetzt nicht der richtige Zeitpunkt dafür war.

Der Streit zog sich noch eine Weile hin. Lewis sagte über Tanya, sie würde nicht zu uns passen. Tanya sagte über Lewis, wenn er so weitermache, würde er in einem Krankenwagen heimfahren.

Ich glaube, Lewis war durchaus klar, dass man in einem Krankenwagen nicht nach Hause fuhr, sondern wenn überhaupt, dann ins Krankenhaus. Aber vielleicht reichte es, dass Tanya das Wort »Krankenwagen« benutzte. Darum nahm er die Drohung lieber ernst und verzichtete auf Haarspaltereien.

Joshua versuchte einen anderen Ansatz. »Schau, die Sache ist die, dass wir bereits genug Leute haben«, sagte er.

Es passierte, was unvermeidlich war.

»Wer sagt das?«, fragte Tanya. »Toons möchte, dass ich mitmache. Ist es nicht so, Toons?«

Alle drehten sich zu mir um und starrten mich an. Ich fragte mich, ob das in dem Film die Stelle wäre, wo alle unfairerweise auf das großartige Mädchen Jessica losgehen würden, weil sie es nicht allen recht machen konnte. Der Film würde es nie in die Kinos schaffen, wenn ihr mich fragt, sondern gleich als DVD rauskommen.

Aber als mich die ganzen Blicke trafen, wurde mir klar, dass ich Tanya wirklich im Team haben wollte. Einerseits jagte sie mir immer noch irgendwie Angst ein, andererseits war sie mir eine treue Freundin gewesen, als ich mich mit Natalie und

Amelia zerstritten hatte (vielleicht sogar ein bisschen zu treu). Und die zündende Idee, die den Cartoon überhaupt erst ins Rollen brachte, war von ihr gekommen.

Ich meine, sie hatte nicht nur Ideen für witzige, freche Zeichnungen beigesteuert, sondern die Bilder dann auch in der Schule verteilt und damit Leser an Land gezogen. Ich fand, es wäre verrückt, wenn wir sie jetzt nicht mehr mithelfen lassen würden.

Lewis musste ich aber erst noch davon überzeugen. Ich versuchte, so gut wie möglich zu erklären, wie kreativ und marketingerfahren Tanya war. Mir kam der Verdacht, dass Lewis und Joshua Angst vor Tanyas tyrannischer Seite hatten, also versuchte ich, das als Vorteil herauszuarbeiten.

»Ihr wollt doch Geld für den Comic verlangen und etwas daran verdienen? Also, später mal, wenn er sich herumgesprochen hat. Tja, keiner wird sich weigern, ihn Tanya abzukaufen, stimmt's?«

»Also ...« Joshua sah aus, als würde er darüber nachdenken.

»Schaut mal, ihr macht euch Sorgen wegen ihres Rufs oder befürchtet, dass sie sich als Boss aufspielen könnte«, fuhr ich fort.

»*Hey!*«, sagte Tanya.

»Aber es ist so ... so – na so, als ob ihr denkt, Tanya wäre wie Batman«, sagte ich triumphierend. Ich war zufrieden, weil ich einen Vergleich aus ihrer Welt benutzt hatte – der Welt der Comic-Hefte.

»Bitte was?«, fragte Joshua und verschränkte die Arme. Er sah aber ein bisschen amüsiert aus. Er hob herausfordernd eine Augenbraue.

»Ihr denkt, Tanya sei der Superheld, den *Höll*fern verdient hat, aber im Moment nicht so recht gebrauchen kann«, sagte ich.

»Nein, das denke ich nicht.« Joshua sah aus, als würde er das Lachen unterdrücken. »Tut mir leid, aber es ist nicht wie bei Batman. Ich glaube nicht – nein, Tanya ist nicht wie Batman.« Er warf ihr einen unsicheren Blick zu. »Nichts für ungut, Tanya.«

»Kein Ding«, erwiderte Tanya umgänglich. (Ich glaube, sie begann es zu genießen, wie über sie verhandelt wurde. Und den Vergleich mit Batman mochte sie auch.)

»In diesem Zusammenhang funktioniert der Vergleich nicht mal ansatzweise«, fuhr Joshua fort.

»Egal.« Ich kam wieder aufs Thema zurück. »Ihr könnt denken, was ihr wollt, aber Tanya hat eine nette Seite, die nicht viele Menschen zu sehen kriegen. Vergesst eure Vorurteile. Tanya ist lustig … und treu … und sie hat die Seele eines Poeten.« (Okay, ich hatte keinen Schimmer, wieso mir das eingefallen war.)

»Oh ja«, sagte Tanya. »Und ich haue jedem eine rein, der nicht bezahlen will.« (Ich fürchte, damit verpasste sie meinem Poeten-Vergleich den Todesstoß. Obwohl es ja auch Gedichte über Kriege gibt, und da fließt reichlich Blut.)

Aber Tanya durfte mitmachen. Lewis war überstimmt. Quasi über Nacht beendete Tanya ihre Tyrannenherrschaft als furchteinflößendstes Mädchen an unserer Schule und begann, sich mehr auf ihre berufliche Laufbahn zu besinnen.

Bei der Veröffentlichung des Comics flüstert Nat mir zu: »Ich bin so stolz auf dich«, und drückt meinen Arm. »Du bist jetzt eine verlegte Cartoonistin.«

Ich strahle sie an. Eigentlich bin ich nur eine selbst-verlegte Cartoonistin, aber so wie sie es formuliert hat, klingt es besser.

Plötzlich wird mir ganz warm vor Glück. Wir haben es geschafft. Wir haben es geschafft! Es ist unser Cartoon-Comic. Und das ist erst der Anfang. Das ist wie ein erstaunliches Abenteuer. Wir sind jemand. Bei dem Gedanken bin ich mit einem Mal überglücklich und total aufgeregt. Ich drücke Natalies Arm zurück.

Mir war nie bewusst, wie wichtig es mir ist, etwas zu erschaffen, bis ich endlich ein Ventil dafür gefunden habe. Denn wenn mir jetzt etwas Böses passiert, kann ich einen Cartoon darüber zeichnen, und schon wird es mir besser gehen. Seit ich damals Amelia als Schaf gezeichnet habe, hatte ich das Gefühl, dass mir Dinge nicht mehr so nahegehen. *Was soll das heißen, Mum, ich habe Hausarrest? Tja, selber schuld, wenn du dich plötzlich in einem gemeinen Cartoon wiedererkennst.* Haha.

Seht ihr? Ich bin überhaupt nicht machtbesessen oder habe mich geändert.

»Danke«, antworte ich. Natalie und Amelia wirken aufrichtig beeindruckt. Sie lieben Ereignisse und Zeug, das man planen muss, darum sind sie auf einer Veröffentlichungsparty voll in ihrem Element.

»Und vergiss nicht«, sagt Natalie, »dass ich dein größter Fan bin und dich schon lange vorher gekannt habe. Denk also nicht, dass du mich links liegen lassen kannst, nur weil du jetzt berühmt bist.« Sie grinst verschmitzt, aber ihr Blick hat etwas Ernstes.

Ich muss lachen. »*Berühmt?* Nat, hast du eigentlich gesehen, wie viele Leute hier sind? Soll ich sie für dich zählen?« (Das habe ich tatsächlich schon getan – es sind acht. Wir haben acht Fans. Aber darauf kommt es nicht an. Ich mache mich über mich selbst lustig, und damit ist bewiesen, dass ich mich nicht verändert habe.)

Natalie lacht schallend. »Du weißt, was ich meine.«

Es ist wahrscheinlich gut, dass die meisten Sechstklässler im Pausenhof sind. Wenn hier noch mehr versammelt wären, dann würden die Lehrer auf uns aufmerksam werden.

»Keine Sorge«, sage ich. »Beste Freundinnen für immer.« Dabei hole ich meinen Anhänger in der Form eines halben, auseinandergebrochenen Herzens heraus. Sie holt ihre Hälfte heraus, und wir halten sie aneinander, sodass man darauf »Best Friends Forever« lesen kann. Wir lächeln beide. Sie entspannt sich, obwohl ich sagen muss, dass es ein starkes Stück von Nat ist, sich zu beschweren. Schließlich war sie es, die mich im letzten Halbjahr wegen Amelia links liegen gelassen hat.

»Was in Dreiteufelsnamen ist denn hier los?«

Erschrocken schaue ich auf. Mrs Cole steht in der Tür zum Klassenzimmer und sieht stinksauer aus.

4. kapitel

Oh nein! Ich erstarre vor Schreck und es läuft mir eiskalt den Rücken hinunter. »Bitte entdecke die Comics nicht, bitte entdecke die Comics nicht«, wiederhole ich in Gedanken wie ein Mantra. Ich bin völlig hilflos, weiß nicht, was ich tun soll. Aber ich muss doch irgendetwas tun. Nur was?

Doch bevor ich mich überhaupt bewegen kann, wirft Tanya bereits geschmeidig und völlig ruhig ihren Mantel über den Comic-Stapel auf dem Tisch und wendet sich an Mrs Cole. »Was gibt's, Cole?«

»*Mrs* Cole, wenn ich bitten darf, Tanya. Und was es gibt? Es ist ein herrlicher, sonniger Tag, und ich verstehe nicht, warum so viele von euch hier drinnen sind.«

»Tja, Miss, wir wollten eine Überraschungsparty für Sie schmeißen, aber die ist nun im Eimer«, sagt Tanya, die sich auch von einer Lehrerin nicht aus der Fassung bringen lässt.

»Na gut, dann muss ich wohl etwas deutlicher werden«, sagt Mrs Cole matt. »Geht raus, und zwar jetzt und alle. Nur dann erspare ich euch, nach Unterrichtsende zu mir zu kommen und mir zu erklären, was wirklich los ist. Los. Raus. Jetzt.«

Sie hält die Tür für uns auf und wartet, während wir an ihr vorbeimarschieren. Tanya sammelt ihren Mantel ein, zusammen mit den Comics, indem sie sie mit einer unauffälligen Bewegung einwickelt.

»Ich glaube nicht, dass du heute deinen Mantel brauchen wirst, Tanya, es ist warm draußen«, sagt Mrs Cole. Mein Herz schlägt noch ein bisschen schneller. Ich bin bestimmt knallrot im Gesicht, und man sieht mir meilenweit an, was los ist.

»Doch, den brauche ich, Miss«, sagt Tanya unerschütterlich. »Meine Mum sagt, dass ich den Mantel nicht aus den Augen lassen darf, denn wenn ich ihn verliere, wird sie mich quer durchs Schulgebäude prügeln. Ist das noch verhältnismäßig, Miss? Finden Sie, dass ich die Kindernothilfe anrufen sollte?«

»Okay, Tanya, geh einfach.« Mrs Cole verdreht die Augen und sieht müde aus, als sie die Tür hinter uns schließt und sich auf den Weg ins Lehrerzimmer macht.

Keiner sagt etwas, bis wir draußen sind.

»Oh mein Gott! Tanya, du warst genial!« Emily klopft Tanya auf den Rücken.

»Ich kann nicht glauben, dass du so mit Mrs Cole geredet hast!«, ruft Megan.

»Du hast uns den Hintern gerettet«, stimmt Joshua zu. Selbst Lewis wirkt beeindruckt.

Ich möchte Lewis nicht mit »Ich hab's ja gesagt« kommen, darum bedenke ich ihn nur mit meinem neuen, selbstgefälligen Gesichtsausdruck, bei dem ich eine Augenbraue hebe (ich habe das vor dem Spiegel geübt, um Ryan damit zu ärgern). Ich bin ziemlich sicher, dass Tanya nun für immer einen Platz im Team hat. Auch wenn sie bei Lehrern ständig Verdacht erregt und Ärger mit ihnen förmlich anzieht, kann sie sich meisterlich rausreden und hat eine Menge Tricks drauf, also hält sich das die Waage.

»Gut gemacht!«, sage ich zu ihr.

»Knorke«, erwidert Tanya.

Ich lächle unsicher. »Äh, knorke?«

»Der Ausdruck ist voll retro«, sagt Tanya. »Kannst mir helfen, ihn wieder hip zu machen.«

»Was meinst du, worum es geht?«, flüstert mir Natalie zu, als wir nach dem Mittagessen auf dem Weg in die Aula sind, wo die zusätzliche Versammlung stattfindet.

»Ich weiß nicht«, flüstere ich zurück und unterdrücke ein Gähnen. Mir ist das ziemlich schnurz. »Vielleicht ein Vortrag über Sicherheit im Straßenverkehr?«

Als wir alle in der Aula versammelt sind, sagt Miss Price vorne am Pult: »Ihr fragt euch sicher alle, warum ich diese Versammlung einberufen habe.«

Am liebsten würde ich rufen: »Nein, ganz bestimmt nicht!« Ich unterdrücke ein Kichern. Dass ich jetzt ständig mit Joshua und Tanya herumhänge und mir fiese Sachen auszudenken versuche, scheint eine Veränderung bei mir zu bewirken.

Ohne zu merken, dass ich sie in Gedanken gedisst habe, fährt Miss Price fort: »Wir haben aufregende Neuigkeiten für euch.«

Das lassen Sie mal schön mich beurteilen, denke ich. Haha.

»Wie ihr wisst, sind wir überall von der Natur umgeben. Sie ist faszinierend und vielschichtig und sie ist lebenswichtig ...« (Ich kämpfe gegen den Drang an zu gähnen). »Darum freuen wir uns, das Artenschutzprojekt für die sechsten Klassen anzukündigen.«

Ich sehe Natalie an. Sie lächelt. »Also kein Vortrag über Sicherheit im Straßenverkehr.«

Miss Price fährt fort. »Wir haben uns große Mühe gegeben, mit den örtlichen Behörden zusammenzuarbeiten. Anstelle einiger normaler Unterrichtsstunden werden nun ein paar wirklich spannende Exkursionen stattfinden, damit ihr Erfahrungen als Forscher sammeln könnt.«

»Hört sich ganz gut an, finde ich«, flüstert Natalie.

»Vielleicht«, flüstere ich zurück. Exkursionen klingen wirklich nicht schlecht. »Besonders, wenn wir Geografie-Stunden und so verpassen. Aber nicht Kunst«, fügte ich hinzu. Ja, das könnte wirklich Spaß machen.

»Und da es in eurem Jahrgang eine gerade Anzahl von Schülern gibt«, sagt Miss Price, »möchte ich, dass ihr euch in Zweiergruppen zusammenschließt.«

Hey, Augenblick mal ... *Neiiin!*

Ich fühle mich, als hätte mir jemand eine Eimerladung kaltes Wasser über den Kopf geschüttet. Es spritzt überall herum und zerstört mein früheres Leben, das ich so mühsam wieder aufzubauen versucht habe. (Na gut, das ist vielleicht eine Spur zu dramatisch, aber trotzdem.)

Na toll! Das ist ja wirklich die Härte. Jetzt muss sich Natalie schon wieder zwischen Amelia und mir entscheiden. Und Amelia ist ja immer noch irgendwie die Neue in der Klasse, also wird Nat sich wahrscheinlich verpflichtet fühlen, schon wieder sie zu wählen. Dann werden sie gezwungenermaßen noch mehr Zeit miteinander verbringen, neue Insider-Witze austauschen, die ich nicht kapiere, und in null Komma nix gehöre ich nicht mehr dazu. Wieder mal.

Was stimmt nur mit unserer Schule nicht? Warum können wir nicht Dreiergruppen bilden, zum Beispiel? Wieso tust du mir das an, Universum? *Wieso?* Erinnerst du dich noch an unsere kleine Unterhaltung, in der wir uns darauf geeinigt haben, dass ich etwas Besonderes bin und dass mir von nun an nur noch gute Sachen passieren werden? Also, ich habe mich an meinen Teil der Vereinbarung gehalten (indem ich etwas Besonderes bin) – tja, vielen Dank auch!

Es gibt ein französisches Sprichwort, das heißt *plus ça change*. Das bedeutet »Nichts ändert sich jemals« oder so was in der Art. Ich bin mir nicht sicher, ob das schon das ganze Sprichwort ist, denn in der Stunde, als wir das durchnahmen, hat meine Blase gedrückt, und darum konnte ich nicht richtig aufpassen. Auf jeden Fall klingt es jetzt sehr zutreffend.

Meine Familie sollte nicht mehr auf Sparkurs sein, dafür schnallen wir jetzt den Gürtel enger, was so ziemlich aufs Gleiche rausläuft. Natalie und Amelia haben versprochen, nie mehr etwas ohne mich zu unternehmen, und jetzt hat das Schicksal dafür gesorgt, dass es doch wieder passiert. An diesem dämlichen Ort ändert sich niemals etwas, denke ich wütend.

Ich stehe also nur da, krümme mich innerlich und starre auf den Boden. Ich möchte Natalies schuldbewussten Blick nicht sehen. Oder Amelias selbstgefälliges Gesicht. Klar. Okay. Ich kann die Niederlage mit Fassung tragen. Sicher. Vielleicht. Ich muss mich nur wieder daran erinnern, wie man ein gezwungenes Lächeln aufsetzt. *Ohhh.*

Natalie knufft mich sanft am Arm. »Möchtest du meine Partnerin sein?«, flüstert sie. *Was?*

»W-was?«, flüstere ich zurück.

»*WAS?*«, echot Amelia, die unter Schock zu stehen scheint.

»Falls du nicht mit Joshua, Cherry, Tanya oder jemand anderem zusammenarbeiten willst«, fügt Natalie hinzu. Auf keinen Fall! Joshua ist klasse und ich mag Cherry und Tanya, aber Natalie ist meine *beste* Freundin.

»Nein, ich würde schrecklich gern mit dir ein Team bilden«, flüstere ich überglücklich.

»Super!«, flüstert Natalie.

»Ruhe! Ruhe!«, ruft Miss Price. In der Aula ist es zunehmend lauter geworden, vom leisen Murmeln bis zum lärmenden Stimmengewirr. Alle quatschen und deuten quer durch den Raum aufeinander.

Ich kann es nicht fassen, dass Natalie sich für mich entschieden hat. Für MICH. Das ist genial. Alles ist wieder genial. Es wird wie in alten Zeiten sein. Wir werden zusammen abhängen und Spaß haben – wir zwei gegen den Rest der Welt. Und wenn Amelia sich nicht mehr so viel einmischen kann, werden wir uns hoffentlich auch nicht mit so viel Verwaltungskram herumzuschlagen haben.

Vielleicht wird dieses Halbjahr doch noch richtig toll. Vielleicht irren sich die Franzosen mit ihrem *plus ça change*. Ich meine, sie irren sich ja auch, wenn sie Froschschenkel für essbar halten. Das meine ich mal gehört zu haben.

5. kapitel

»Was soll das heißen, es wäre nicht zu spät für Nat, ihre Meinung zu ändern?«, wiederhole ich Amelias dreisten Vorschlag. Nicht, weil ich ihn gern wiederholen möchte, sondern weil ich total vor den Kopf gestoßen bin. (Tut mir leid, liebe Franzosen, ihr hattet wohl doch recht. Ich hätte wissen müssen, dass sich nie etwas ändert. Und vermutlich schmecken Frösche wirklich ganz köstlich.)

Wir hätten jetzt eigentlich Französisch, aber stattdessen haben wir die erste Stunde zu unserem Artenschutzprojekt. Wir sind im Werkraum, weil der größer ist und die Tische breiter sind, so kann man ein Projekt besser planen. Wir bilden unsere Zweiergruppen, bekommen Lektüre und Arbeitsblätter zum Thema und lauter so Zeug. Das Projekt artet ja geradezu in Arbeit aus.

Einige haben darum gebeten, größere Gruppen bilden zu dürfen, da sie sich nicht zwischen ihren Freunden entscheiden können. Aber Miss Price hat erklärt, dass sie von uns erwartet, richtige Teamarbeit zu leisten. In größeren Gruppen kann es passieren, dass einige sich einfach mitziehen lassen, während die anderen die ganze Arbeit machen. Aber in Zweiergruppen ist das nicht möglich, da muss jeder vollen Einsatz bringen.

Amelia ist gerade schamlos an Natalie herangetreten und hat gesagt, sie könnte immer noch mit ihr zusammen ein Team bilden. Unfassbar.

»Schau, ich sage ja nicht, dass ihr ein schreckliches Team seid«, lügt Amelia. »Aber Natalie und ich passen viel besser zusammen. Wir haben den gleichen Arbeitsstil und wir sitzen in den meisten Stunden sowieso nebeneinander.«

»Hey, Jess«, sagt Joshua, der sich mir in dem Augenblick nähert. »Hast du schon einen Partner?«

»Äh …« Kann ich Ja sagen? Was, wenn Nat es sich gerade anders überlegt hat? »Nun, ich hatte vor, mit Natalie zusammenzuarbeiten.«

»Okay, kein Ding. Dann frage ich Lewis.« Er verschwindet wieder.

Wie entwürdigend wäre es wohl, falls Natalie ihre Meinung ändert und ich Joshua hinterherrenne und ihm sage, dass ich doch mit ihm zusammenarbeiten will? Hmmm.

»Schau, Amelia –«, fängt Nat an, wird aber von Tanya Harris unterbrochen.

»Tooooons!« Sie schlägt mir auf den Rücken, dann bemerkt sie, wer bei mir ist. »Natalie. Mistbiene.« Sie nickt beiden zu. »Toons, hättest du Bock, das Projekt mit mir zusammen zu machen?«

Hmmm. Habe ich Bock? Es wäre womöglich ganz witzig, mit Tanya zusammenzuarbeiten, wenn ich es bedenke. Wir würden die meiste Zeit damit verbringen, uns fiese Ideen für den Comic einfallen zu lassen. Und ich mag Tanya. Besonders, seit ich kaum noch Angst vor ihr habe.

»Na, komm schon«, bellt sie mich an und ich zucke leicht zusammen. (Seht ihr? Früher wäre ich viel heftiger zusammengezuckt. Es läuft wirklich super mit uns.)

»Ich hatte vor, mit Natalie zusammenzuarbeiten«, sage ich, immer noch nicht sicher, ob daraus überhaupt etwas wird.

»Nein, lass sie sauen, arbeite lieber mit mir. Wir werden uns prächtig amüsieren.«

»Das halte ich für eine gute Idee«, sagt Amelia unerwartet. (Normalerweise hat sie so viel Angst vor Tanya Harris, dass sie in ihrer Gegenwart kein Wort herausbringt.). »Ich glaube, ihr passt super zusammen.« Amelia sieht mich an und hebt provozierend eine Augenbraue.

»Hey, was du denkst, interessiert doch kein Schwein«, blafft Tanya sie an. Sie ärgert sich, dass ihr jemand zustimmt, den sie früher als eingebildete Kuh bezeichnet hat.

»Hört mal alle, es tut mir leid, aber Jess und ich haben bereits vereinbart, dass wir zusammenarbeiten werden«, meldet sich Natalie mutig zu Wort. (Sie ist Tanya Harris auch schon mal auf die Füße getreten und will sie sich auf keinen Fall zur Feindin machen.)

»Meinetwegen«, sagt Tanya friedfertig. »Bis dann.« Und sie zieht ab.

»Amelia, es tut mir leid, aber ich bleibe bei Jess«, sagt Nat liebenswürdig. »Ich habe letztes Halbjahr nicht viel mit ihr zusammen unternommen. Und wie du schon gesagt hast, sitzen wir sowieso nebeneinander und sehen uns auch weiterhin ständig.«

»Tja, okay«, seufzt Amelia. »Du wirst schon sehen, was du davon hast.« (Was soll das denn heißen?)

»Was soll das denn heißen?«, fragt Natalie.

»Ist doch ganz klar. Wenn du mit mir zusammenarbeiten und eine gute Note bekommen willst, dann musst du es jetzt sagen. Und Jessica kann sich mit einem dieser ... Leute zusammentun, mit denen sie auf dem gleichen akademischen Niveau ist.«

Okay, noch deutlicher hätte sie nicht sagen können, dass sie mich für doof hält. Und meine Freunde ebenso. Klar, Tanya glänzt nicht gerade mit tollen Noten, aber Joshua ist in fast allen Fächern gut.

Ich weiß, warum Amelia Joshua nicht leiden kann. Das hat nichts damit zu tun, dass er mein Freund ist und sie deswegen meint, ihn verabscheuen zu müssen. Es ist, weil er Science-Fiction mag. Er und Lewis fahren voll drauf ab.

Am Ende des letzten Halbjahrs haben Amelia und Natalie sich mächtig ins Zeug gelegt, um etwas mit den Jungs aus der Basketballmannschaft zu unternehmen. Sie haben mich bekniet, Joshua dazu zu überreden, das zu organisieren. Ich wollte Joshua nicht merken lassen, dass sie dabei nur auf seine coolen Freunde aus der Basketballmannschaft scharf waren, also hat Joshua Lewis eingeladen.

Am Ende saßen wir zu fünft bei Natalie daheim und haben uns eine DVD mit Lewis' Lieblingsfilm angeschaut, denn er hat die Einladung wörtlich genommen, in der es hieß, sie wollten mit ihnen Filme schauen (während Natalie und Amelia gehofft hatten, dass die Jungs zwischen den Zeilen lesen würden und darum wüssten, dass sie lieber »Wahrheit oder Pflicht« und so was spielen wollten).

Also haben wir »Eine neue Hoffnung« geschaut, den ersten *Star Wars*-Film. Der Film war in den Siebzigerjahren gedreht worden und ganz okay. Mir gefiel er jedenfalls. Aber Amelia hasste ihn. Natalie fand ihn einigermaßen gut, aber uns fiel allen auf, wie oft sich die Personen darin beleidigten, indem sie sich gegenseitig als größenwahnsinnig bezeichneten.

Seitdem hat Amelia sich aus dem Kopf geschlagen, mich oder Joshua noch mal einzuspannen, wenn sie etwas mit Jungs unternehmen will.

Es ärgert mich, dass Amelia meint, mich so hinterhältig als Idiotin abstempeln zu können. Auch wenn sie in Wirklichkeit nur eifersüchtig oder unsicher ist, geht das entschieden zu weit. Ich weiß, ich sollte über den Dingen stehen, aber manchmal muss man die Bremse ziehen und darf jemandem so ein Verhalten nicht durchgehen lassen, sonst denken alle, sie könnten einen nach Belieben schikanieren.

»Amelia, wenn du mir etwas sagen willst, dann sprich es offen aus. Denkst du, ich wäre nicht klug genug, um mit Natalie zusammenzuarbeiten?«, frage ich sie.

»Wenn du das meinst, ist es wohl so«, sagt Amelia affektiert. Ich ärgere mich noch mehr. Sie ist so selbstgefällig! Und ich rackere mich hier ab, nur um zu beweisen, dass sie mich tatsächlich beleidigt hat.

Ich befehle mir, die Klappe zu halten, aber aus irgendeinem Grund sagt mein Mund einfach: »Ach ja? Nun, ich bin sehr witzig und beliebt, vielleicht ist das der Grund, warum Natalie mit mir zusammenarbeiten will. Es geht nicht immer nur um gute Noten, weißt du.«

»Offensichtlich«, kontert Amelia.

Ich bereue sofort, dass ich das gesagt habe. Ich begebe mich auf dünnes Eis und ich weiß es. (a) Bin ich nicht besonders witzig und beliebt und (b) *geht* es in diesem Projekt um gute Noten.

Amelia seufzt. »Schaut, ich habe vor, bei diesem Projekt als Klassenbeste abzuschneiden, Babes. An meiner alten Schule war ich bei solchen Sachen immer unter den Besten. Aber ehrlich, es ist in Ordnung. Ich nehme es euch nicht übel.«

»Wir machen uns nichts aus guten Noten«, gebe ich zurück. Meine Stimme klingt besorgniserregend schrill. »Wir wollen nur zusammen abhängen und bei diesem Projekt so viel Spaß wie möglich haben.«

»Na ja, wir möchten dabei gleichzeitig gute Noten kriegen«, sagt Natalie und sieht ehrlich gesagt eine Spur besorgt drein. Aber nur einen Moment lang. Dann hakt sie sich bei mir unter und wendet sich herausfordernd an Amelia. »Wir werden beides machen.«

»Au ja!«, sage ich.

Amelia tut ihr Bestes, um zugleich gelangweilt und unbeeindruckt auszusehen. »Wenn du das sagst«, erwidert sie. Dann fügt sie in ziemlich sarkastischem Tonfall hinzu: »Viel Glück«, und stolziert davon.

6. kapitel

»Wäre es nicht super, wenn wir sie tatsächlich schlagen würden?«, sagt Natalie, als wir uns im Werkraum Tische aussuchen, uns hinsetzen und anfangen, den Lesestoff zum Artenschutzprojekt auszupacken.

»Ja, schon«, sage ich skeptisch. »Aber das ist doch nicht so wichtig, oder?«

»Oh nein, natürlich nicht!«, sagt Nat schnell. »Ich bin ja so aufgeregt, dass wir das Projekt gemeinsam machen.« Sie blättert die erste Seite von einer Informationsbroschüre um.

»Ich weiß. Es wird toll!«, stimme ich zu.

»Es bedeutet eine Menge zusätzliche Lernzeit und viele Extrahausaufgaben und so«, sagt Natalie, »aber es ist eine tolle Ausrede, um sich gegenseitig zu besuchen.«

»Genau!« Ich grinse. »Ich meine, ich hasse dein Haus, mit dem vielen leckeren Essen und den bequemen Sofas, aber ich bin bereit, für diesen heiligen Zweck solche Opfer zu bringen.«

Nat gluckst, und ich fange auch an, mir einige der Arbeitsblätter anzusehen. Manche sehen recht interessant aus. Aber es ist ganz schön viel Lernstoff, das kann einen schon abschrecken. Diese Tatsache behalte ich jedoch lieber für mich.

»Am besten fangen wir sofort an«, sagt Natalie. »Komm doch heute Abend zu mir. Dann haben wir einen Vorsprung. Wir könnten gemeinsam den Rest der Broschüren durchsehen.«

»Oh, also, heute ist Mittwoch, da findet gleich nach der Schule der Schachclub statt.«

»Oh«, sagt Nat und sieht ein wenig enttäuscht aus.

Der Schachclub war immer schon ein Streitpunkt zwischen Nat und mir, weil sie denkt, dass er zu viel von meiner Zeit in Anspruch nimmt. Das ist zum Teil einer der Gründe, wieso sie sich an Amelia rangehängt hat. Ich meine, das ist jetzt alles geklärt und so. Aber wisst ihr, es ist schon bezeichnend für dieses Projekt, dass es ausgerechnet an dem Tag verkündet wird, an dem ich nach der Schule etwas vorhabe. (Den tollen Comic nicht mitgerechnet, aber an dem kann ich jederzeit arbeiten.)

Ich gehe gern in den Schachclub, obwohl ich früher deswegen gehänselt wurde. Also nicht direkt gemobbt, aber ein bisschen beschimpft. Obwohl, beschimpfen kann man es vielleicht nicht nennen. Einige der Jungs sagten manchmal, wenn ich an ihnen vorbeiging: »Uuuuuh, Schachclub.« Ich weiß, dass das nicht direkt eine fiese Beleidigung ist, aber es lag an dem Tonfall, in dem sie es sagten.

Dann war Tanya Harris ganz aus dem Häuschen über die Zeichnung, die ich von ihr als Schokoladenei gemacht hatte, und zeigte sie jedem. Von da an hörten die Hänseleien auf. (Das ist einer der Gründe, warum ich echt froh bin, dass es mit den Cartoons geklappt hat. Dadurch werde ich viel mehr akzeptiert als früher.)

»Wie wäre es denn mit morgen Abend?«, schlage ich hastig vor.

»Oh ja, unbedingt, morgen Abend«, willigt Natalie ein. »Wir wollen nicht zu sehr in Rückstand geraten.«

»Mensch, Nat, beruhige dich, das ist doch nur ein Artenschutzprojekt, das jeder in seinem eigenen Tempo angehen darf.«

»Nun, Jess, ich hab dich wirklich lieb, aber ich glaube, wir sollten etwas schneller arbeiten als in ›unserem eigenen Tempo‹«, sagt Natalie.

»Autsch«, sage ich und mache ein gespielt beleidigtes Gesicht. »Tut mir sooooo leid.« Natalie kichert.

»Du weißt, was ich meine.«

»Du bist also derselben Meinung wie Amelia?«

»Nein, aber hör mal, weißt du noch, damals mit Ägypten?«

Oh, das ist nicht fair von ihr, das jetzt zu erwähnen. Ich bin inzwischen ein völlig anderer Mensch. Okay, letztes Jahr hatten wir ein Ägyptenprojekt, und ich habe es vielleicht ein bisschen übertrieben, als ich die vielen Mumien und Sphinxe gezeichnet habe und mir keine Zeit mehr für die Textarbeit blieb, weshalb ich am schlechtesten abschnitt.

»Nat ...«, fange ich an.

»Und der Amazonas?«, unterbricht sie mich. Na schön, im Jahr davor ist etwas Ähnliches passiert, als ich für das Projekt über den Regenwald am Amazonas zu viele Papageien gezeichnet habe. »Siehst du?«, sagt Nat. »Es ist immer das gleiche Muster.«

Hmmm. Ich weiß nicht, ob das wirklich immer das gleiche Muster ist, aber okay, ich habe wohl den Hang, für ein Projekt wunderschöne Bilder zu zeichnen und nicht hart genug am Thema zu arbeiten. »Na gut.« Ich seufze reumütig. »Aber die Papageien habe ich genial hinbekommen. Das hast du selbst gesagt.«

Natalie lacht. »Oh ja, die waren nicht zu übertreffen«, sagt sie. »Du bist so eine Spinnerin.«

Ich lache.

»Aber du bist *meine* Spinnerin«, fügt sie zärtlich hinzu.

Nachdem Nat allerdings zum achten Mal gesagt hat, dass wir für das Projekt einen Zeitplan erstellen sollten, »um alles richtig in den Griff zu bekommen«, da bin ich es, die sich allmählich zu fragen beginnt, ob sie nicht einen gewaltigen Fehler begangen hat.

Verseht mich nicht falsch, es ist ja nicht so, dass ich Nat nicht total gernhätte. Das habe ich, sie ist meine beste Freundin. Selbstverständlich habe ich sie gern. Selbstverständlich. Aber gleichzeitig habe ich jetzt schon die Schnauze gestrichen voll davon, wie ernst sie das Projekt nimmt. Ich weiß nicht, ob es an Amelia liegt, mit der sie unbedingt mithalten will, oder ob das so oder so passiert wäre.

Außerdem (und wieder bin ich nicht sicher, ob das daran liegt, dass Amelia sie auf meine üblicherweise nicht allzu glänzenden Noten hingewiesen hat) scheine ich die Rolle der »liebenswerten Spinnerin, die nichts auf die Reihe bekommt« zu spielen, und ich bin nicht sicher, ob die überhaupt noch zu mir passt.

Das war die Jessica vom *letzten* Halbjahr. Die Jessica, die nicht von jedem verstanden wurde und die Natalie um ein paar Schnipselchen ihrer wertvollen Zeit anbetteln musste, wenn Amelia mal anderweitig beschäftigt war.

Aber jetzt bin ich eine gefeierte *Cartoonistin*. Ich bin Co-Autorin eines Comics. *Diese* Jessica hat auch noch andere

Freunde. Ich meine, hallo? Immerhin haben gleich zwei andere Schüler gefragt, ob ich an dem Projekt mit ihnen zusammenarbeiten will. Ich habe es nicht nötig, herumzusitzen und darauf zu warten, dass Nat mich auswählt. Ich muss nicht Nats komischer Vogel sein. Ich kann ganz für mich allein ein komischer Vogel sein. (Das klingt irgendwie immer noch nicht toll, aber ihr versteht schon, worauf ich hinauswill.)

Während Nat eine Liste schreibt, was wir zuerst erledigen müssen, lasse ich meinen Blick durch den Raum schweifen. Joshua und Lewis sind in eine Unterhaltung vertieft. Tanya lacht sich über etwas kaputt. Zum ersten Mal frage ich mich, ob ich mit einem von den beiden nicht viel mehr Spaß gehabt hätte.

Als ich heimkomme, liest Dad am Küchentisch die Zeitung und Mum kocht Superbillig-Nudeln und versucht, Knoblauch zu schneiden, aber die Knoblauchzehe flutscht ihr immer wieder aus den Fingern.

»Und Horace King hat eine neue Serie über seine Vogelschutzgebiete und Aufzuchtstationen«, verkündet Dad gedankenverloren und ohne von der Zeitung aufzusehen.

»So langsam habe ich wirklich genug davon«, sagt Mum verärgert. Ich weiß nicht, ob sie damit den widerspenstigen Knoblauch meint oder Dads Angewohnheit, aus der Zeitung vorzulesen.

»Oh, tut mir leid«, sagt er. »Soll ich dir helfen?« Er steht auf. »Oh, hallo, Jessica, wie war's in der Schule?«

»Pah, gib dir keine Mühe«, sagt Mum sarkastisch. »Lasst ruhig das Mädchen für alles schuften. So wie immer.«

In letzter Zeit ist mir aufgefallen, dass Mum sich anscheinend selbst einen Spitznamen gegeben hat. Ständig heißt es »das Mädchen für alles hier« und »das Mädchen für alles da«.

Ich hoffe, dass es sich nur um eine vorübergehende Anwandlung handelt, die sich wieder legen wird. Ich weiß, man soll die Erwachsenen ihr eigenes Leben leben und ihre eigenen Entscheidungen treffen lassen, aber ich möchte auch nicht mit daran schuld sein, wenn dieser lächerliche Spitzname sich festsetzt. Und sowieso sollte man sich selbst keine Spitznamen verpassen. Sonst würde jeder Megahirn oder Mister Fantastisch heißen.

»Wie wäre es dann mit einer schönen Tasse Tee?«, fragt Dad, bringt sich beim Wasserkocher in Sicherheit und holt Teetassen aus dem Schrank.

»Vergiss nicht, zwei Beutel reinzutun«, sagt Mum.

Plötzlich schwingt die Hintertür auf. »Ihr werdet nicht *glauben*, was die VanDerks eben zu mir gesagt haben.« Meine ältere Schwester Tammy stürmt in die Küche. In einer Hand hält sie irgendwelche Zettel, in der anderen einen großen Müllbeutel.

Die VanDerks sind unsere direkten Nachbarn und sie ... wie soll ich es ausdrücken? Sie sind etwas Besseres als wir. Also, wenn es einem darauf ankommt, wessen Rasen schöner ist und wessen Kinder klüger sind, und so Kram (leider kommt es meinen Eltern darauf an).

Ich glaube aber, dass wir den besseren Charakter haben. Und *das* will was heißen. Aber meinen Eltern reicht das nicht. Darum versuchen sie ständig, den VanDerks in diesem kindischen

Konkurrenzkampf um eine Nasenlänge voraus zu sein, was sie aber niemals zugeben würden, wenn man sie danach fragt.

Für mich ist dabei besonders blöd, dass Harriet VanDerk im gleichen Jahrgang ist wie ich und dass sie in Mathe und so das totale Genie ist. Sie gibt ihre Hausaufgaben immer pünktlich ab. Dadurch haben meine Eltern völlig unnütze, unrealistische Erwartungen entwickelt.

Ryan kommt in die Küche gelaufen. »Hi, Tammy! Mummy, wusstest du, dass wir keine Schokolade mehr haben?«

»Hi«, sagt Tammy, sichtlich enttäuscht darüber, dass niemand sie fragt, was die VanDerks denn nun zu ihr gesagt haben.

»Ja, und wir werden leider für eine Weile mal wieder keine haben«, sagt Mum.

»Aber wir brauchen welche!« Ryan wirkt erstaunt.

Tammy will sich von einer Diskussion darüber, wie dringend wir Schokolade brauchen, nicht ablenken lassen und versucht es noch mal. »Hört mal zu. Ich habe sie gebeten, eine Petition gegen Umweltverschmutzung zu unterschreiben, aber sie haben sich geweigert!«

»Ich hoffe, du hast in der Nachbarschaft keine Unruhe gestiftet«, sagt Mum.

»Was ist eine Petition?«, fragt Ryan.

»Oh, tut mir leid«, sagt Tammy sarkastisch zu Mum. »Ist im Moment nicht der geeignete Zeitpunkt, um den Planeten zu schützen? Himmel, du bist ja so schlimm wie die. Selbstgefällige Provinzler auf dem Vormarsch, hä?«

SAVE OUR PLANET!

Dad macht ein ratloses Gesicht. »Ich habe keine Ahnung, wovon du redest, Tammy, aber wir wollten jetzt essen«, sagt er.

Ich liebe meine Schwester Tammy wirklich. Aber in letzter Zeit benimmt sie sich ein bisschen aufrührerisch. Es ist ja nicht so, dass irgendjemand in der Familie etwas gegen ihre Grundhaltung im Kampf gegen Ungerechtigkeit und für eine bessere Umwelt und so hätte. Der Konflikt besteht vor allem darin, dass meine Eltern ihren Umweltschutz lieber unauffällig und (idealerweise) nach den Sechs-Uhr-Nachrichten betreiben.

Tammy beobachtet, wie Dad Tee macht. »Nimmst du zwei Beutel?«, fragt sie. »Was für eine Verschwendung an Ressourcen, Leute!«

»Es sind Superbillig-Teebeutel«, sage ich.

»Was ist eine Petition?«, wiederholt Ryan.

»Tja, mit Billig-Teebeuteln spart ihr am falschen Ende«, regt sich Tammy auf. »Das zeigt ohne Zweifel, dass ihr ganz wild auf schnelle Einsparungen seid und euch weigert, die globalen Zusammenhänge in Betracht zu ziehen.«

»Tammy!«, kreischt Ryan, der es satthat, immer überhört zu werden.

Tammy geht auf ein Knie runter, damit sie mit ihm auf Augenhöhe ist. »Tut mir leid, Ry«, sagt sie. »Eine Petition bedeutet, dass viele Leute ein Papier unterschreiben, weil sie wollen, dass sich etwas ändert. Wenn ich genug Unterschriften sammle, werden die Leute, die die Umwelt verschmutzen, etwas dagegen tun müssen. Wenn man an eine Sache glaubt, ist es wichtig, gezielte Maßnahmen einzuleiten.«

Ryan nickt ernst. »Darf ich unterschreiben?«, fragt er.

»Nein, dafür bist du leider zu jung«, sagt Tammy und steht wieder auf.

»Neiiin! Ich will unterschreiben«, zetert Ryan. »Ich mag keine Umweltverschmutzung. Bitte!«

»Nein, Ryan, du bist unter achtzehn und hast noch kein Stimmrecht«, erklärt Tammy, auch wenn es nichts bringt, und wendet sich wieder an unsere Eltern. »Ich brauche die Waschmaschine«, sagt sie.

»Tja, und ich brauche einen neuen Außenspiegel«, sagt Mum. »Manchmal bekommen wir im Leben nicht alles, was wir gern hätten.«

Ryan ist vor dem Essen oft reizbar und jetzt droht sein Gekreische in ohrenbetäubendes Gebrüll umzuschlagen.

»Pssst, Ryan! Ist ja gut«, sage ich. »Tammy, könntest du ihn denn nicht *unterschreiben* lassen?« Ich versuche, »unterschreiben« pantomimisch in Gänsefüßchen zu setzen, ohne dass Ryan es mitbekommt. »Vielleicht mit einem Bleistift?«

Tammy kapiert, worauf ich hinauswill. »Ah, sicher«, sagt sie seufzend. Ryan hört sofort mit der Nörgelei auf und kritzelt seinen Namen in riesigen Buchstaben über die halbe Seite. Wenn es darum geht, Probleme mit Ryan oder dem Internet zu lösen, bin ich ein regelrechtes Genie. Allerdings bedankt sich keiner bei mir dafür, dass ich für Ruhe gesorgt habe.

Tammy beginnt, die Klamotten aus ihrem Müllbeutel in unsere Waschmaschine zu stopfen. »Hatten wir es ihr erlaubt?«, fragt Dad Mum.

»Hört mal«, sagt Tammy. »Zwingt mich nicht, euch alles noch mal zu erklären. Die Waschmaschine in unserer WG ist

kaputt, und die anderen haben eine neue gekauft, aber die ist von einem Hersteller, der in Großbritannien keine Steuern zahlt. Da mache ich nicht mit. Wie wäre es, wenn ihr mich bitte ausnahmsweise mal unterstützt?«

Niemand hindert Tammy daran, die Waschmaschine zu benutzen, also macht sie einfach weiter. »Während ich auf die Wäsche warte, könnte ich genauso gut zum Abendbrot bleiben«, erklärt sie und beginnt, den Tisch zu decken.

Auch dagegen haben meine Eltern keine Einwände, und beim Essen fängt Tammy keinen Streit ein (vielleicht, weil sie an ihre Wäsche denkt). Sie erwähnt nicht einmal den Hund aus der Rettungsstation, den wir adoptieren sollten, wenn es nach ihr ginge. Schade, denn ich würde so gern einen Hund retten.

Das Abendbrot verläuft ziemlich normal (für unsere Verhältnisse). Ich erzähle meinen Eltern vom Artenschutzprojekt der sechsten Klassen und erwähne, dass ich mit Natalie zusammenarbeiten werde und wie aufregend das werden könnte. Und Ryan erklärt uns, welchen Vorteil Astronautennahrung seiner Ansicht nach hat. Bevor Tammy geht, unterzeichnen meine Eltern sogar ihre Petition.

Seht uns an – eine glückliche Familie. Etwas daran macht mich unruhig. Es fühlt sich an, als müsste jederzeit etwas grässlich schiefgehen. Das ist doch verrückt. Ich muss aufhören, überall Ärger zu wittern, nur weil gerade mal alles geschmeidig ist. Ich bin eine geniale Cartoonistin, Natalie ist meine Partnerin im Projekt und wir werden zusammen Spaß haben. Nichts davon riecht nach Ärger. Überhaupt nichts.

7. kapitel

»Hi, Nat, rate mal«, rufe ich, als ich am Donnerstagmorgen ins Klassenzimmer stürme. »Meine Mum hat gesagt, dass ich heute Abend nach der Schule zu euch gehen darf.«

Mitten in meinem Begeisterungsausbruch halte ich inne, als ich Natalies unbeeindrucktes Gesicht sehe und Tanya Harris entdecke, die auf meinem Tisch sitzt und auf mich wartet.

»Da bist du ja endlich, Toons«, sagt Tanya. »Du weißt doch, dass heute in der Mittagspause das Comic-Meeting stattfindet, oder?«

»Äh, sicher«, antworte ich unbehaglich. Warum runzelt Natalie die Stirn?

»Deine Freundin behauptet, dass ihr stattdessen am Artenschutzprojekt arbeitet.« Tanya deutet auf Nat. Ach so, *deswegen*. Na toll.

»Ach du je«, sagt Amelia, die uns belauscht hat. »Du überforderst dich hoffentlich nicht, Jessica.« Am liebsten würde ich sie anschreien: »Hör auf zu stänkern!«

»Keineswegs«, erwidere ich und wende mich an Nat. »Es tut mir leid, Nat. Stimmt, heute findet wirklich das Comic-Meeting statt. Aber ich kann heute Abend nach der Schule zu dir kommen, also ist doch alles in bester Ordnung, okay?«

»Ja, ich schätze schon.« Natalie öffnet ihre verschränkten

Arme und scheint ihren Ärger zu vergessen. Sie lächelt mich an. »Das ist super.« Puh. Krise abgewendet. *Ätsch, Amelia!*

»Und bis zum Unterrichtsbeginn sind es noch zehn Minuten, also könnten wir gleich mal einen schnellen Blick aufs Projekt werfen«, füge ich hinzu, doch da reicht Tanya mir einen kleinen Stapel der *Höll*fern Comics.

»Oder darauf«, sagt sie. »Die musst du signieren.«

Natalies Lächeln verschwindet.

»Was?«, sage ich perplex. »Wieso?«

»Limitierte Auflage, weißt du«, erklärt Tanya. »Ich lasse alle Künstler die ersten zehn Exemplare signieren, dann sind die Leute eher scharf drauf. Das macht sie zu was Besonderem und so.«

(Ha! Wie aufregend! Ich bin eine Künstlerin und muss etwas signieren ...) Ich meine, Tanya hat schon ein Händchen für die Vermarktung und den ganzen Kram. Wenn sie meint, die Nachfrage würde steigen, wenn ich ein paar Ausgaben signiere, wieso sollte ich da widersprechen?

Ich werfe Nat einen verstohlenen Blick zu. Sie sieht nicht so beeindruckt aus, wie ich gehofft hatte, dabei ist das eine richtig große Sache.

»Na klar«, sage ich und versuche, zerknirscht dreinzusehen.

»Dann mal los, aber zackig!«, kommandiert Tanya. Ich setze mich an meinen Tisch und beginne, die Comics zu signieren.

»Nat, das geht blitzschnell«, sage ich und merke, dass ich wahrscheinlich viel zu glücklich klinge. »Und anschließend können wir darüber reden, wie wir das Projekt angehen wollen.«

»Hey, Jessica«, sagt Hannah und kommt zu uns rüber. »Vielleicht sollte ich dich die Hasenzeichnung, die du für mich gemacht hast, auch signieren lassen.«

»Nein, nein, nein«, wirft Tanya ein. »Kein Gratisautogramm. Mein Mädchen macht es ab jetzt nur noch für Geld.«

Hannah sieht ein bisschen eingeschüchtert aus.

»Haha! Sollte ein Witz sein«, erklärt Tanya. »Zwanzig Pence. Wieder reingefallen. Noch kostet es nichts, erst wenn sie berühmt ist.«

»Prima.« Hannah lächelt. Leicht verwirrt, aber erleichtert, schiebt sie mir ihr Schmierheft hin. Ich grinse verschämt. Das ist alles so unwirklich. Jemand will tatsächlich ein Autogramm von mir, unabhängig von Tanyas Werbeaktion.

»Äh, soll ich etwas Bestimmtes schreiben?« Ich versuche, lässig zu klingen. Das ist so aufregend! (Schlachte ich es zu sehr aus?)

»Hmmm.« Hannah denkt nach. »Schreib einfach ›Für Hannah‹ und dann unterschreib mit deinem Namen.«

»Der Klassiker«, höre ich mich sagen. *Der Klassiker*? Wie komme ich denn darauf? Und woher will ich überhaupt wissen, welche Widmung bei Autogrammen ein Klassiker ist? Das passiert mir schließlich zum ersten Mal.

Ich bemühe mich, leserlich zu schreiben, denn ich möchte, dass Hannah stolz auf mein Autogramm auf ihrem Heft ist. Dann reiche ich es ihr. »Ist es gut so?«

»Toll!« Hannah strahlt. »Danke!«

Hurra! Ich bin großartig. Ich grinse verschämt. Ich fühle mich, als könnte ich ewig weitergrinsen. Ich versuche, witzig zu sein, also sage ich mit aufgesetzt vornehmem Akzent: »Gern geschehen, Liebes!« Dazu winke ich eingebildet wie eine berühmte Schauspielerin. Hannah gluckst und geht zu ihrem Tisch zurück.

Über die Schulter werfe ich Nat einen Blick zu. Sie starrt mich ungläubig an, als ob sie ihren Augen nicht trauen könnte.

»So, fast fertig«, sage ich und schaffe es beinahe, ihrem Blick standzuhalten.

»Nat, Baby, es sieht aus, als wäre Jessica noch eine Weile beschäftigt. Möchtest du nicht solange zu mir an den Tisch kommen? Dann können wir die Liste der Sachen durchgehen, die wir noch für meine Pyjama-Party brauchen«, sagt Amelia.

»Ja«, sagt Nat.

»Toll, das wird super. Ich kann es kaum erwarten, dass du Scarlett kennenlernst«, zwitschert Amelia, als sie davonlatschen. *Arrrgh*, Scarlett. Und erst recht: *Arrrgh*, Amelia.

Ich kritzle meinen Namen so schnell ich kann über die restlichen Comics. Möchte Nat etwa, dass ich ein schlechtes Gewissen bekomme? Ich habe nichts Falsches gemacht. Es ist doch nicht meine Schuld, dass ich jetzt Autogramme geben muss.

Ich freue mich wirklich, dass die Leute meine Cartoons mögen. Es ist das erste Mal in meinem Leben, dass sich andere für etwas interessieren, das ich gut kann. Es sollte mir gestattet sein, es zu genießen, ohne dass Nat eingeschnappt ist.

Ich signiere den letzten Comic und versuche, Nat alles zu erklären, bevor es zur ersten Stunde klingelt. »Hey, Nat, sei nicht böse auf mich«, sage ich.

»Ich bin dir doch nicht böse«, erwidert sie alles andere als überzeugend.

»Weißt du, es ist so ...« Ich zögere. »Ich mache nur, was meine Fans von mir erwarten.«

»Was deine *Fans* von dir erwarten?« Natalie treten die Augen aus den Höhlen. »Sag mal, hast du dir in letzter Zeit mal selbst zugehört?«

»Schau ...« Ich versuche, es ihr zu erklären, doch sie unterbricht mich.

»Du weißt doch, dass du noch gar keine Fans hast, oder?«, fragt Nat. »Du bist in der sechsten Klasse. Du bist erst elf Jahre alt.«

»Komm, lass uns nicht vom Thema abweichen. Ich hatte ja nicht mal versprochen, dass wir heute in der Mittagspause am Projekt arbeiten, also kannst du mir deswegen nicht böse sein. Ich bin wirklich sehr beschäftigt. Wir müssen genau planen, wann wir uns treffen können.«

»Ach ja?« Nat verschränkt die Arme. »Früher mussten wir das nicht.«

Ich bin ziemlich sicher, dass wir das sehr wohl mussten. Aber ich kann in diesem Streit anscheinend kein Land gewinnen, darum gebe ich es auf, mit ihr zu diskutieren.

Vielleicht ist Nat einfach nur neidisch, weil ich jetzt berühmt bin. Vielleicht ist das alles ganz schön schwer für sie. Vielleicht war es ihr viel lieber, wie es im letzten Halbjahr lief. Da musste *ich* ständig um *ihre* Aufmerksamkeit betteln.

Offensichtlich habe ich Natalie ganz und gar vergeben, wie sie sich mir gegenüber im letzten Halbjahr benommen hat. *Offensichtlich.* Aber es scheint irgendein klitzekleiner, tinzigwinziger Teil von mir zu existieren, dem es Genugtuung verschafft, dass ich manchmal zu sehr damit beschäftigt bin, Autogramme zu geben, um mit ihr abzuhängen.

Ich fühle mich trotzdem etwas angespannt, als ich in die Doppelstunde Mathe latsche – und nicht nur deswegen, weil ich glaube, dass Mathe extra erfunden wurde, um Schulkinder zu piesacken. Ich meine, deswegen natürlich auch. Aber ich mag es wirklich nicht, wenn Natalie sauer auf mich ist. Zum Glück scheint in der Pause alles wieder okay zu sein.

Danach habe ich eine Doppelstunde Kunst, was viel mehr Spaß macht. Und das liegt nicht nur daran, dass es mein absolutes Lieblingsfach ist oder weil ich so gern mit Megan, Emily, Fatimah, Joshua und (sogar) Terry zusammensitze. Es liegt daran, dass der Comic sich als echter Erfolg entpuppt. Ich wusste es. Das ist so was von hammermäßig!

»Ich *liebe* das Schaf auf dem Cover«, sagt Emily kichernd.

»Das ist so typisch für Miss Price«, pflichtet Megan ihr bei.

»Es sieht ihr sogar total ähnlich«, findet Terry.

»Ich mag das Schaf«, sagt Fatimah. »Und Roland. Eigentlich mag ich alles. Es ist großartig.« Dann lesen sie sich gegenseitig die erfundenen Gerüchte von der Rückseite vor und giggeln.

Ich mache mir etwas Sorgen, dass Mrs Cooper, unsere Kunstlehrerin, sie lachen hören oder den Comic entdecken könnte (vor allem, weil Terry sich nicht unauffällig verhalten kann), aber irgendwie kommen wir damit durch. Und wir schaffen es trotzdem, die Muscheln zu zeichnen, die Mrs Cooper in die Mitte jedes Tisches gelegt hat.

»Also«, sagt Tanya in der Mittagspause, »das ist unser erstes Treffen, seit der Comic erschienen ist. Ich glaube, die Sache ist ganz gut gelaufen. Was meint ihr?«

Joshua, Lewis und ich nicken zustimmend. Wir hocken auf den gemütlichen Sitzen vor der Bibliothek.

»Die signierten Exemplare sind weggegangen wie warme Semmeln«, lässt uns Tanya wissen. »Wusste ich's doch, dass sich das lohnen würde. Ich hab das aus einer Fernsehsendung.«

»Gut mitgedacht«, sage ich.

»Vielleicht sind sie auch weggegangen wie warme Semmeln, weil sie gratis sind«, sagt Lewis.

»Damit kommen wir zum nächsten Tagesordnungspunkt, Lewis, alter Sportsfreund«, sagt Tanya. »Sollen wir etwas verlangen? Sollen wir sagen, die Erstausgabe sei umsonst gewesen, aber die nächste würde 20 Pence kosten?«

Darüber entspinnt sich eine heiße Debatte. Die zieht sich so lange hin, dass wir nicht dazu kommen, Ideen für die nächste Ausgabe zu sammeln, und am Ende haben wir uns immer noch nicht entschieden, ob wir etwas verlangen wollen oder nicht. Wir diskutieren noch ein bisschen über unsere Pläne zur Weltherrschaft. (Das soll so ablaufen: Erst verschaffen wir uns hier an der Schule eine Leserschaft, und wenn wir ein paar Ausgaben vorzuweisen haben, dann versuchen wir, den Comic in einem Comicshop zu verkaufen, damit online zu gehen und – *Boom*! Schon wird er sich wie ein Virus über die ganze Welt ausbreiten.)

BOOM!

Aber ich denke, bis wir so weit sind, müssen wir einige Ausgaben mehr vorzuweisen haben. Wir sind also noch nicht *ganz* so weit. Es ist ja nicht so, dass wir den Blick für die Realität verloren hätten.

Ich komme nicht dazu, ihnen von meiner Idee über die Biene, die sich mit einer Wespe streitet, zu erzählen.

Was mich betrifft, spielt der Verkaufspreis sowieso keine Rolle, da wir den Comic auf dem Computer von Lewis' Dad zusammenstellen und auf seinem schicken Drucker ausdrucken (wovon der keine Ahnung hat), was uns nichts kostet. Wir haben also keine Produktionskosten oder so.

»Alles klar bei dir?«, fragt Joshua, als wir am Ende der Mittagspause unsere Sachen zusammenpacken und uns auf den Weg zurück in unsere Klassenzimmer machen.

»Ja, wieso?«, frage ich.

»Du warst im Meeting ein bisschen still. Du hast nicht wie sonst ständig dazwischengequasselt und uns von deinen neuesten genialen Ideen für den Comic vorgeschwärmt.« Er sieht belustigt aus.

»Bin ich wirklich so eine Nervensäge, wenn es um den Comic geht?«, frage ich. Ich meine, Nat hat sich geärgert; Cherry und Shantair mussten mir sogar sagen, dass ich den Mund halten soll. Zeichnet sich hier etwa ein Muster ab?

»Nein, du bist witzig«, sagt Joshua und wirkt dabei leicht überrascht.

Also erzähle ich Joshua, wie Natalie sich über mich geärgert hat, als ich heute Morgen die Comics signieren musste, und dass ich vornehm dahergeredet habe, aber nur aus Spaß. »Und ich habe ihr zu erklären versucht, dass unsere Fans das von uns erwarten«, ende ich.

»Unsere ... was?«

»Fans«, wiederhole ich.

»Aha, daher weht der Wind«, sagt Joshua trocken.

»Na schön, vielleicht habe ich ein bisschen großspurig geklungen.« Ich beginne, die lustige Seite daran zu sehen. Joshua gluckst.

»Schau, es ist völlig okay, wenn du dich ein kleines bisschen großspurig benimmst«, sagt Joshua. »Deine Cartoons sind wirklich gut und witzig. Aber übertreibe es nicht.«

»Guter Plan«, antworte ich.

Nach der Schule bin ich bei Natalie und sie und ich kommen mit unserem Projekt gut voran. Es ist prima, dass wir die Literatur dazu gemeinsam lesen, denn allein würde ich einiges davon nicht verstehen. Und da wir zu zweit sind, können wir uns gegenseitig anspornen. Wenn ich mal was nicht kapiere, kann Nat es erklären, und wenn sie etwas nicht kapiert, kann ich es erklären.

Wir schaffen nicht alles. So was liest man nicht mal kurz in einem Rutsch, egal, wie scharf Nat darauf ist, fertig zu werden. Ich muss ihr versprechen, den Rest später allein durchzugehen.

Natalies Mum Lisa setzt mich daheim ab, und ich gehe in die Küche, wo Ryan und meine Eltern mal wieder mitten in einer Schokoladendebatte stecken.

»Also wirklich, Ryan«, sagt Dad ungewohnt ärgerlich. »Die Billigmarken-Kekse haben doch einen Schokoladenüberzug. Ich weiß nicht, wo dein Problem liegt.«

»Aber ich will richtige Schokolade«, beharrt Ryan.

»Hey, Leute«, sage ich. »Ihr habt mich bestimmt gewaltig vermisst.«

»Ja, natürlich.« Mum tätschelt mir liebevoll den Kopf, aber sie wirkt müde.

»Es war schrecklich«, sagt Ryan düster. Ich verkneife mir ein Lächeln darüber, wie ernst er wirkt. Ich bin meistens eine ziemlich tolle ältere Schwester. Darum ist es verständlich, dass er es schrecklich findet, wenn ich nicht da bin und dafür sorge, dass alles perfekt läuft.

»Aber du hast gesagt«, meint Ryan zu Dad, »dass der Sparkurs vorbei ist.«

»Das ist er ja auch. Aber nun schnallen wir den Gürtel enger«, sagt Dad. »Ende der Diskussion.«

»*Den Gürtel enger schnallen* ist doch nur ein Euphemismus für einen Sparkurs«, sage ich hilfreich.

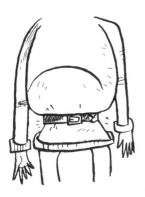

Ich weiß nicht, warum Dad das nicht richtig klar ist. Mit Euphemismen hat er schon mal Ärger gehabt.

Als uns Tante Joan (Mums Schwester) einmal besuchen gekommen ist, begrüßte Dad sie mit: »Du siehst wirklich gut aus, Joan!« Da wurde Joan ganz fuchsig. »Ach, ich sehe also *gut* aus, ja? Ist das ein Euphemismus für *fett*, Bert?« Dad war total verlegen und sagte, so hätte er es nicht gemeint.

»Wir müssen auf einige Sachen verzichten, Ryan«, sagt Dad fest. »So ist es nun einmal. Und damit wirklich Ende der Diskussion.«

»Aber warum können wir nicht auf andere Sachen verzichten?«, jammert Ryan, der nicht kapiert hat, dass die Diskussion für Dad wirklich zu Ende ist.

»Auf was zum Beispiel?«, frage ich ihn neugierig.

»Zahnpasta«, schlägt Ryan vor und ich kichere.

»Zahnpasta ist unentbehrlich, Ryan. Wir können nicht auf unentbehrliche Dinge verzichten, nur damit wir uns Luxus leisten können«, fährt Dad ihn an. »Wie ich schon sagte, Ende der Diskussion.«

»Netter Versuch«, sage ich zu Ryan.

»Außerdem würden dir alle Zähne ausfallen und dann könntest du sowieso keine Schokolade mehr essen«, sagt Mum.

Es klingelt an der Tür. Meine Eltern wechseln einen verwirrten Blick. »Wer könnte das um diese Zeit sein?«, fragt Dad.

»Jessica ist hier. Tammy hat einen Schlüssel«, sagt Mum. »Ob sie ihn vielleicht verloren hat?«

Dad geht an die Haustür und wir folgen ihm argwöhnisch in den Flur und versuchen, ihm über die Schulter zu spähen. Mir kommt der Gedanke, dass wir ausnahmsweise mal froh sein müssten, wenn wir Ryans Schlagballschläger griffbereit hätten.

Dad öffnet die Tür und wir hören ein wildes Kreischen. »Überraschung!« Es ist Tante Joan!

8. kapitel

Tante Joan ist großartig. Sie fürchtet sich vor niemandem. Ich glaube, sie hat häufiger Streit mit Wildfremden angefangen, als Mum und Tammy zusammengenommen. Aber irgendwie schafft sie es, gleichzeitig superwitzig und unterhaltsam zu sein. Sie ist der einzige Mensch, dem es je gelungen ist, Mum wirklich zum Lachen zu bringen.

»Joan! Komm rein. Was in aller Welt …«, beginnt Mum.

»Ich wollte euch überraschen.« Meine Tante schiebt sich an Dad vorbei in den Flur, umarmt Mum, dann mich und zuletzt Ryan.

Dad schließt die Haustür. »Wie schön, dich zu sehen, Joan!« Er versucht, erfreuter zu klingen, als er aussieht. Plötzlich fügt er hinzu: »Du siehst echt dünn aus.« Vermutlich will er seinen Schnitzer vom letzten Mal ausbügeln.

Joan lässt Ryan los und funkelt Dad an. »*Dünn*, Bert?«, erwidert sie. »Willst du damit sagen, dass ich *krank* aussehe?«

»Nein, nein, selbstverständlich nicht«, stammelt Dad verwirrt. Armer Dad. Egal, was er sagt, es ist garantiert falsch.

Mum wirft ihm einen entschuldigenden Blick zu, aber sie sagt trotzdem: »Bert, also wirklich!«

»Ich stelle Teewasser auf!« Dad flieht aus der Schusslinie in die Küche.

Mum hat mir mal erzählt, dass Joan und Dad sich nicht besonders mochten, als sie sich kennengelernt haben, inzwischen aber bestens miteinander auskommen. Ich glaube, Mum sollte im Wörterbuch mal nachschauen, was »miteinander auskommen« wirklich bedeutet.

Dass Tolle an den Besuchen meiner Tante ist, dass sie es liebt, mit mir und Ryan zusammen etwas Unterhaltsames zu unternehmen. Der Nachteil ist, dass »unterhaltsam« bei ihr manchmal »lehrreich« bedeutet. Und manchmal findet sie, dass wir zu viel fernsehen, und dann fängt sie an zu schimpfen, dass wir dadurch total verblöden würden. Aber so ist das nun mal, alles hat seine Kehrseite.

Meine Tante arbeitet in der Musikindustrie. Als ich das zum ersten Mal gehört habe, dachte ich, das wäre obercool und sie könnte mir Popstars vorstellen und alle in der Schule wären dann neidisch auf mich. Aber sie hat nur mit Orchestern und so zu tun. Mit einem davon ist sie gerade auf Tournee, deswegen ist sie in der Stadt.

Mit Orchestern kann man niemanden beeindrucken. Außer vielleicht Cherry. Sie spielt astrein Klarinette. Aber vor allen anderen kann ich damit nicht angeben.

Tante Joan erzählt uns gerade, wie toll ihr Hotel ist, als Dad mit einem Tablett reinkommt. Er serviert Tee und Billig-Vollkornkekse.

»Macht euch wegen mir bloß keine Umstände«, sagt Joan und beäugt ziemlich angewidert die

Kekse, als hätte Dad sie schon wieder mal absichtlich beleidigen wollen.

»Mehr haben wir nicht anzubieten«, erklärt Mum.

»Wir sind auf einem Sparkurs«, führe ich aus.

»Nein, wir schnallen unseren Gürtel enger«, sagt Dad.

»Ist doch gehupft wie gesprungen«, scherze ich und meine Tante kichert.

»Hast du Schokolade dabei?« fragt Ryan Joan.

»Nein, mein Äffchen, aber ich habe etwas anderes dabei.« Joan beugt sich zu Ryan runter. »Ich habe deine Nase!« Sie tut so, als würde sie ihm die Nasenspitze abknipsen und steckt ihren Daumen zwischen Zeige- und Mittelfinger.

Ryan kichert, als sie ihn kitzelt, aber dann seufzt er nachsichtig. »Ich weiß doch, dass du sie nicht wirklich hast«, sagt er so bestimmt, als würde er einen Schwindel entlarven.

Joan nimmt von Dad eine Teetasse entgegen und stellt sie sich auf den Schoß. Dann wischt sie den Löffel an ihrem T-Shirt ab, als würde sie nicht davon ausgehen, dass Dad ihr einen richtig sauberen Löffel gibt. Erst dann rührt sie den Tee um. Meine Eltern wechseln einen Blick, sagen aber nichts.

»Vielleicht könnte ich mit den Kindern einkaufen gehen und ein paar Sachen besorgen? Schokolade. Was sonst noch?«, sagt Tante Joan.

»Au jaaaaa!« Ryan lässt sich auf den Boden sinken und umarmt Joans Knie. Sie tätschelt ihm liebevoll den Kopf.

»Nein«, sagt Dad etwas zu hastig und setzt sich, nachdem er den Tee und die Kekse verteilt hat. »Wir sind der Ansicht, dass es für die Kinder gut ist, wenn sie einen verantwortungsvollen Umgang mit fiskalischen Ressourcen lernen, und dass sie nicht immer alles bekommen sollten, was sie wollen.«

»Oh«, sagt Joan unbeeindruckt. »Tja, wie öde.«
»Genau«, sage ich.
»Na, dann lade ich euch alle mal zum Abendessen ein«, verkündet Joan. »Sagt mir, wann es euch passt. Ich bleibe eine Weile hier.«
»Danke«, sagt Mum mit einem Seitenblick auf Dad. »Das wäre wunderbar, Joan.«
»Ich kriege nie, was ich mir wünsche«, murmelt Ryan.
»Ah, ich verstehe«, neckt ihn Joan. »Und du denkst, dass Jessica immer alles kriegt, hmmm?«
Ryan beginnt zu kichern. »Ja!«
»Du hättest bestimmt gern alles, was gerade angesagt ist, was?«, wendet sie sich an mich.
»Wenn du damit nicht Klamotten, sondern Filzstifte meinst, dann ja«, antworte ich.
»Denke immer daran«, sagt Joan, »das Hübscheste, was du tragen kannst, ist ein Lächeln.«
»Aber was, wenn man keine Zähne mehr hat?«, fragt Ryan.
(Das gehört zu den Sachen, die ich so daran liebe, einen sechsjährigen Bruder zu haben. Er stellt die Fragen, die sich kein anderer zu stellen traut.)
Joan zögert verunsichert, dann sagt sie: »Auch dann.« Mitfühlend fährt sie fort: »Wenn das Geld knapp ist, kann das ganz schön schwer sein. »Janet, erinnerst du dich daran, als wir Teenager waren und auf der Straße musiziert haben, um unser Taschengeld aufzustocken? Ja, das waren noch Zeiten damals!«
»Was habt ihr gespielt?«, frage ich.

»Vor allem Geige und Gitarre«, sagt meine Tante. Hmmm, denke ich, wenn man ein Instrument lernt, hat das also wirklich einen praktischen Nutzen?

»Hat es funktioniert?«, fragt Ryan.

»Und wie!«, ruft meine Tante begeistert. »Im Sommer haben wir ganz schön Geld gescheffelt.«

»Aber heute ist das völlig anders«, beeilt sich Dad zu sagen. »Es wäre viel zu gefährlich, so etwas heutzutage zu versuchen.« Er sieht Tante Joan mit einer hochgezogenen Augenbraue an.

»Was? Oh ja. Sicher. Gefährlich«, sagt Tante Joan.

Dann erzählt Joan uns ein paar verrückte Sachen, die ihr auf der Herfahrt passiert sind. Die handeln überwiegend davon, wie sie im Zug einen Mann angeblafft hat, der eine Chipstüte auf den Boden geworfen hatte. Vielleicht nur aus Versehen, das lässt sich nicht mehr feststellen. Aber Tante Joan sagte zu ihm: »Ich wusste gar nicht, dass ihre Mutter hier arbeitet.« Er schaute sie verwirrt an und meinte: »Verzeihung?«, also musste Joan wiederholen, was sie gesagt hatte.

Als sie ihn dann dazu gebracht hatte, ihr zu sagen, dass seine Mutter nicht im Zug arbeitete, holte Joan zum entscheidenden Schlag aus und sagte: »Wenn das so ist, sollten Sie Ihren Müll wohl besser SELBST einsammeln.« *Peng*, einfach so.

Es klingt ziemlich lustig, obwohl ich froh bin, dass ich nicht dabei war (es wäre mir entsetzlich peinlich gewesen). Aber der Mann tut mir ein wenig leid, denn er hatte wohl keine Ahnung, was er von meiner Tante halten sollte. Sie kann sehr bissig und sarkastisch werden, wenn sie jemanden nicht mag. Auch wenn der Mann es natürlich verdient hatte, denn meine Tante sagt, der »verfluchte Idiot« wäre selbst schuld gewesen.

»Seht ihr, Kinder? Es ist wichtig, dass man sich nicht schikanieren lässt«, sagt Joan zu Ryan und mir. (Schikane? Echt jetzt? Er hat doch nur eine Chipstüte fallen lassen.) »Wenn ihr an etwas glaubt, müsst ihr dafür kämpfen. Das Böse triumphiert allein dadurch, dass gute Menschen nichts unternehmen. Das ist ein berühmtes Zitat, aber ich habe vergessen, von wem.«

»Edmund Burke«, verrät uns Dad und wir schauen ihn alle beeindruckt an, selbst Joan. »Er war ein Politiker im achtzehnten Jahrhundert.« Ja, wir machen uns manchmal über Dad lustig, weil er gern Sendungen über Vögel anschaut und Geschichtsbücher liest, aber hin und wieder beweist er uns, dass das für etwas gut ist.

»Da habt ih's«, meint meine Tante abschließend.

9. kapitel

»Hi, Babes! Kommt rein!« Amelia öffnet die Haustür und bittet Nat und mich hinein. »Scarlett ist noch nicht da.«

Es ist Samstagabend, und als ich Amelias Haus betrete, wird mir plötzlich klar, was ihre Pyjama-Party für mich bedeutet: Ich werde über sechzehn Stunden mit den kreischenden, eingebildeten CAC-Mädchen verbringen, die mich letztes Halbjahr ausgiebig gemobbt haben.

Hmmm. Ich habe das wohl nicht ganz richtig durchdacht. Immerhin gibt es Brausestäbchen, dank Natalies und Amelias Organisationstalent.

»Oh mein Gott, jetzt fehlt also nur noch meine Cousine Scarlett«, sagt Amelia aufgeregt, als wir im Schneidersitz auf dem Wohnzimmerboden im Kreis sitzen, umgeben von Schlafsäcken und Süßigkeiten. »Sie ist so umwerfend! Ich kann es gar nicht erwarten, dass ihr sie kennenlernt. Wir sind wie Schwestern!«

»Oh Gott, heißt das, es gibt zwei von deiner Sorte?«, platze ich heraus. Alle hören auf zu lächeln und starren mich an. »Hab nur Spaß gemacht«, füge ich hastig hinzu und bedeute Amelia mit einer wedelnden Handbewegung, dass sie weiterreden soll.

»Wir waren uns tatsächlich immer schon in allem sehr, sehr ähnlich und so«, sagt Amelia, die nur zu gern zu ihrem

Lieblingsthema zurückkehrt. »Wir sind nur einen Monat auseinander –«

»Wow!«, unterbricht Cassy.

»Ich weiß«, pflichtet Amelia ihr bei. »Und unsere Mums haben immer gesagt, wir wären echt wie Schwestern und alles. Aber jetzt, wo wir älter sind, sind wir beide auf ganz verschiedene Art cool und so. Also, ich bin richtig cool und weiß alles über Mode und so was, und Scarlett ist voll alternativ drauf.«

»Wie denn?«, fragt ein Mädchen, das Naomi heißt.

»Puh, lass mich nachdenken. Ja, sie hat sich die Haare hellrot gefärbt, als sie gerade mal zehn war!«

»Sie hat sich die Haare gefärbt?«, keucht Cassy.

»Ja. Ihre Mum wollte sie umbringen, aber da waren die Haare schon rot und alles, also konnte sie nichts mehr machen.«

»Das ist so cool. Das hört sich fantastisch an«, sagt Naomi.

Es klingelt. Amelia quietscht und springt auf. Nur Sekunden später erscheint sie zusammen mit Scarlett.

Scarlett hat einen coolen roten Bob-Schnitt und trägt eine enge Lederjacke. Auf den Handrücken hat sie Henna-Tattoos, an den Handgelenken jede Menge Armbänder.

»O M G! Ich freue mich ja so, dich zu sehen, Ames«, sagt Scarlett zu Amelia, als die sie allen vorstellt.

Wartet mal, hat Scarlett gerade »O M G« gesagt anstatt »Oh mein Gott«? Versucht sie, Zeit einzusparen? Aber beides hat gleich viele Silben. Das bringt nur was beim Simsen. Ich schmunzle Natalie zu, aber die bemerkt es nicht.

Es entsteht eine kurze Stille, bevor Cassy das Eis bricht, indem sie zu Scarlett sagt: »Coole Tasche.«

»Danke! Die habe ich vom Flohmarkt in Camden. Sie ist voll aus den Siebzigern oder so.«

Alle sind sich einig, dass die Tasche wirklich cool ist. Ich beginne mich zu fragen, ob ich als Einzige keinen Blick für coole Sachen habe.

Scarlett beantwortet zufrieden weitere Fragen zu ihrem Outfit. »Und der Gürtel ist sogar von Prada.« (Amelia keucht hörbar.) »Er hat mal meiner Mum gehört, also ist er total vintage und alles.«

»Wow, *vintage*«, murmelt Naomi. Und hast-du-nicht-gesehen fangen alle an, Scarlett und Amelia zu erklären, was sie anhaben. Scarlett verteilt großzügig Lob und sagt zu den Sachen »Teile«.

Ich muss mich beherrschen, um nicht loszulachen. Ich kann dieses ganze Modegerede überhaupt nicht ernst nehmen. Alle tun ja gerade so, als wären wir bei der Oscar-Verleihung oder sonstwo.

Dann denke ich mir, wenn du sie nicht schlagen kannst, dann verbünde dich mit ihnen. Also sage ich in meinem aufgesetzt vornehmen Akzent zu Natalie: »Darling! Du siehst fabelhaft aus. Welches Label trägst du?«

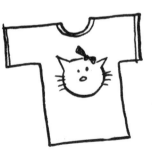

Natalie kichert, tut so, als wäre sie ein Model, und macht ein paar witzige Posen. »Mein T-Shirt habe ich von den *Hello Kitty*-Leuten extra für heute Nacht anfertigen lassen.«

»Ich selbst trage etwas aus der

neuesten Kollektion von *Tesco*. Ein Muss in dieser Saison«, antworte ich. Nat und ich lachen.

Scarlett hört auf, den anderen ihre ganzen Armbänder zu zeigen, und funkelt mich an. »Um ehrlich zu sein«, sagt sie eisig, »wenn es in diesem Raum ein Outfit gibt, das mir nicht gefällt, dann ist es wahrscheinlich das von Jessica. Es ist kein bisschen cool und es steht dir überhaupt nicht«, fügt sie überheblich hinzu.

Wow, Volltreffer. Die Modepolizei hat mich im Visier. Aber das ist mir egal, denn ich bin *Cartoonistin* und ich stehe über solchen trivialen Angelegenheiten.

»Hey, sorry«, sage ich. »Ich hab doch nur herumgealbert. Ich wollte dich nicht beleidigen.« Ich lasse mich nicht aus der Ruhe bringen.

»Tja, aber ich wollte *dich* beleidigen«, erwidert Scarlett.

Hilfe, noch ein Volltreffer. Dieses Mädchen kann mich wirklich nicht leiden. Mir wird ein bisschen heiß. Es ist mir egal, was Scarlett denkt, aber ich möchte nicht schon wieder gemobbt werden oder mich auf einer Pyjama-Party in einen Streit hineinziehen lassen.

»Hey, wir haben nur Witze gemacht«, versucht Natalie, die Wogen zu glätten. »Wir dachten, du würdest darüber lachen.«

»Ach, schon okay«, sagt Scarlett zuckersüß zu Nat. »Dein Outfit mag ich wirklich. Das T-Shirt ist ein nettes Teil. Nur Jessica sieht unmöglich aus.«

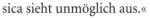

»Ist ja egal«, unterbricht Amelia, die mit einem schnellen Themenwechsel ihre Party retten will. »Welche Pizzas wollen wir bestellen?«

»Oh Baby, bevor ich es vergesse, ich bin jetzt total vegetarisch«, sagt Scarlett. »Auf meiner Pizza darf auf keinen Fall irgendwas aus Fleisch sein.«

»Wow, vegetarisch«, murmelt Cassy.

»Kein Problem«, sagt Amelia, »wir bestellen so viele, da kannst du eine vegetarische haben.«

Zu meiner Erleichterung beruhigt sich die Lage. Ich flüstere Nat zu, dass Scarlett ein bisschen fies zu sein scheint, aber Nat scheint immer noch zu denken, sie wäre okay, nur ein bisschen empfindlich.

Nachdem wir die gelieferten Pizzas gegessen haben (sehr lecker) und um Süßigkeiten Memory gespielt haben (ich habe Gummifrösche gewonnen – danke, verbindlichsten Dank), ziehen wir unsere Schlafanzüge an, um uns den ersten Film anzuschauen.

Manchmal wünsche ich mir, Nat könnte eher so empfinden wie ich. Wenn jemand sie beleidigt hätte, aber zu mir nett gewesen wäre, wäre ich trotzdem noch auf ihrer Seite gewesen. Ich meine, Tanya Harris war im letzten Halbjahr gemein zu ihr und ich habe Nat verteidigt. Anfangs. Bevor Nat aufhörte, mit mir zu sprechen.

Na gut, *ich* weiß, dass ich genial bin, und nur darauf kommt es an. Ich liebe mein Talent für Cartoons, denn seit ich es entdeckt habe, fühle ich mich nicht mehr die ganze Zeit so schrecklich unsicher. Du kannst mich mal, du eingebildete Modepuppe, sage ich in Gedanken zu Scarlett. Ich bin Cartoonistin. Was du gut oder schlecht findest, perlt einfach an mir ab. Ich brauche deinen Beifall nicht. Ha.

»Hey, was ist das?« Cassy schaut etwas auf einem Block an, der neben Scarletts Tasche liegt. »Das ist wirklich gut. Hast du das gezeichnet?«

»Oh ja«, antwortet Scarlett und hebt beiläufig den Block auf. »Ich kann echt gut Cartoons zeichnen. Wenn ich mal groß bin, werde ich Cartoonistin.«

Okay, äh. *Was?*

10. kapitel

Also, im Ernst. Was zur *Hölle*?

»Wow, was kannst du sonst noch zeichnen?«, fragt Naomi. Alle drängen sich um Scarlett herum.

»Oh, alles Mögliche. Das hier ist eins meiner Originale«, sagt sie und zeichnet eine neue Skizze auf den Block.

»Sieh dir das an, Natalie, das ist genial«, sagt Cassy. Nat und ich gesellen uns zu den anderen und schauen auf den Block. Scarlett zeichnet eine Art Gangstermaus. (Ist ganz okay, schätze ich.)

»Das ist toll«, sagt Nat.

»Ich habe euch doch gesagt, dass Scarlett großartig ist«, sagt Amelia stolz.

»Ich fand Cartoons bisher nicht so toll, aber bei dir sehen sie cool aus«, sagt Cassy.

Nun, ich schätze, ich hätte nicht erwarten sollen, dass mein *Höll*fern-Comic den eingebildeten ehemaligen CAC-Mitgliedern von GUF gefällt, aber trotzdem. Es überrascht mich, was für einen Stich mir Cassys Bemerkung versetzt. Meine Cartoons sind *cool*, herzlichen Dank. (Auch wenn ich selbst es nicht bin.)

»Hey, Jess kann auch gut Cartoons zeichnen«, sagt Nat.

»Ach, *wirklich*?« Scarlett sieht zu mir hoch.

»Ja«, antwortet Nat. »Sie hat einen genialen Delfin auf mein

Schmierheft gezeichnet und ihre Mickey Mouse sieht täuschend echt aus.«

»Ach so«, sagt Scarlett. »Nun, ich zeichne lieber meine eigenen Originalcartoons«, fügt sie abschätzig hinzu. »Etwas abzeichnen kann doch jeder.«

Wow. Also, erstens kann nicht jeder etwas so akkurat abzeichnen, sonst wäre es ja keine Kunst. Und zweitens – was hat sie für ein Problem? Alle lieben ihre Cartoons. Ich bin diejenige, die sich ärgern müsste. Schlimm genug, dass sie mir die einzige Sache genommen hat, in der ich gut bin. Da muss sie nicht auch noch die Beleidigte spielen.

»Ich zeichne auch Originale«, sage ich bestimmt, denn ich fühle mich gereizt.

»Ach ja, was denn so?«, wendet Scarlett sich wieder an mich.

»Äh, ja, also, Bienen, Schafe, alles Mögliche«, antworte ich. Vermutlich habe ich nicht dick genug aufgetragen.

»Aha. Na, das klingt nicht besonders gut. Und ich habe mehr vorzuweisen als zwei Cartoons.«

»Oh doch, sie sind sogar sehr gut«, höre ich mich sagen. »Und sie sind in einem Comic erschienen, bei dem ich Mitherausgeberin bin.«

So, *ha*! Nimm das! (Ich sollte mich wirklich nicht provozieren lassen.)

»So, du magst also Comics?« Jetzt habe ich Scarletts volle Aufmerksamkeit. »Auf welche Comics stehst du denn?« Sie sieht mich argwöhnisch an.

Mist! Ich weiß nämlich nichts über richtige Comics. Ich mag halt Cartoons. Scarlett versucht mich auszustechen, und das wird ihr gelingen.

»Warte mal«, meldet sich eine Stimme in meinem Kopf. »Ausstechen? Was soll das? Lass das nicht in einen Wettstreit ausarten«, fährt die Stimme der Vernunft fort. »Lass dich nicht auf ihr Spiel ein.«

Aber dann schaue ich Scarlett an, die mich so verächtlich ansieht, und da ist eine andere Stimme, die meint: »Halt die Klappe, Vernunft. Wir werden sie vernichten!«

Aber die Stimme der Vernunft gibt zu bedenken, dass ich nicht so tun sollte, als würde mich etwas interessieren, wenn das gar nicht stimmt. Da hat sie recht, darum sage ich nur: »Nun, ich mag Comic-Hefte an sich nicht so sehr. Ich stehe mehr auf die *Simpsons* und *Futurama*. Ich bin ein großer Fan von Gary Larsons Zeichnungen. Und ich habe einen Sammelband von Matt Groening.«

»Schade, ich dachte, du würdest Comics mögen. Also, ich fahre total auf Spider-Man ab.«

»Toll«, sage ich, weil ich nicht weiß, was ich mit dieser Information anfangen soll. Ist mir egal, ist mir egal. Ich bin immer noch eine super Cartoonistin. Alles in bester Ordnung, sage ich zu mir selbst. »Mein Freund Joshua mag Spider-Man«, ergänze ich.

»Ah, okay, cool«, sagt Scarlett, als würde sie einen Schlussstrich unter das Thema ziehen.

»Hey, zeichne noch etwas«, bittet Cassy sie.

»Na klar«, sagt Scarlett, und sie malt noch ein paar Skizzen, die mit »Oh« und »Ah« bestaunt werden. Alle liegen ihr zu Füßen, aber keiner bittet mich, etwas zu zeichnen.

»Ich beziehe massig Inspiration aus der Untergrundszene«, sagt Scarlett. Oooh

Und was soll diese Untergrundszene bitte sein?, frage ich mich. Sie meint bestimmt nicht das U-Bahn-Netz. Aber niemand hakt nach.

Also echt jetzt, denke ich, als wir später in unsere Schlafsäcke schlüpfen. Erst zieht Amelia hierher und stiehlt mir meine beste Freundin. Und jetzt kommt auch noch ihre blöde Cousine angedackelt und stiehlt mir meine gesamte Identität. Das muss die schlimmste Familie der Welt sein.

Am nächsten Morgen bin ich nicht mehr so niedergeschlagen. Erstaunlich, was eine Mütze voll Schlaf bewirken kann. Mir ist klar geworden, dass ich immer noch alles habe, was ich brauche. Ich habe Natalie wieder, wir machen das Artenschutzprojekt gemeinsam und ich habe meinen eigenen Comic mit seiner eigenen Leserschaft. Ich bin nicht darauf angewiesen, dass mich auch die ehemaligen CAC-Mitglieder von GUF mögen. Scarlett kann mir nicht wehtun. Ich werde sie vermutlich sowieso nie wiedersehen.

Eigentlich sollte ich den ganzen Sonntag mit Natalie verbringen, darum bin ich etwas enttäuscht, als Amelia Nat dazu überreden kann, sie und Scarlett ins Einkaufszentrum zu begleiten, damit sie ihr alle Geschäfte in unserer Stadt zeigen kann. So muss ich gezwungenermaßen noch mehr Zeit mit Scarlett verbringen, aber wenigstens bin ich nicht mehr neidisch auf sie. Das habe ich überwunden.

Es passt mir überhaupt nicht, mit Leuten, die ich nicht mal richtig leiden kann, durch ein Einkaufszentrum zu latschen, während sie darüber gackern, was gut und was fad aussieht. Aber ich schaffe es, mich gedanklich wegzubeamen und darüber nachzudenken, was für einen Cartoon ich als Nächstes für den Comic zeichnen möchte.

»Jess, hier gibt es echt schöne Sachen«, holt Natalies Stimme mich ins Hier und Jetzt zurück. Wir sind in einem Laden mit Accessoires und alle sehen sich Armbänder, Halsketten und Mützen an.

»Zum Verlieben«, sagt Scarlett, die eine flippige Strickmütze aufgesetzt hat. »Die würde total gut zu meinem Vintage-Guccigürtel passen.« Sie deutet auf ihre Taille.

»Hast du nicht gesagt, der wäre von Prada?«, erkundige ich mich verwirrt.

»Echt jetzt?«, sagt Scarlett geistesabwesend.

»Ja, echt. Du hast gestern gesagt, er wäre ein Vintage-Teil von Prada, das früher deiner Mutter gehört hat«, bekräftige ich.

»Da habe ich wohl einen anderen Gürtel gemeint«, sagt Scarlett unbeeindruckt, während sie die nächste Mütze aufsetzt.

Aber etwas daran kommt mir seltsam vor. Wenn man so stolz auf einen tollen Designergürtel ist, würde man doch nicht vergessen, von welchem superschicken Label er kommt. Ich meine, sonst könnte man es sich auch sparen, für einen ganz alltäglichen Gegenstand einen völlig überzogenen Preis zu bezahlen. Erst das Label macht ihn zu etwas Besonderem, darum merkt man es sich. Ich frage mich, ob es sich überhaupt um Designerware handelt. Irgendwie kommt Scarlett mir seltsam vor. (Und dann dieses O M G!).

Nat legt mir eine Kette mit einem Sternanhänger um den Hals. »Der steht dir super, Jess«, sagt sie.

»Den brauche ich nicht«, antworte ich mit einem Seitenblick in den Spiegel. »Ich habe doch schon den Best-Friends-Anhänger, den du mir geschenkt hast. Ich brauche keine zweite Halskette.«

»Ach, ich habe massenweise Halsketten«, mischt sich Scarlett ein.

»Davon hat man nie genug«, pflichtet Amelia ihr bei.

»Du kannst ruhig zwei Halsketten haben«, sagt Nat. »Außerdem sieht sie an dir echt hübsch aus.«

»Das Hübscheste, was du tragen kannst, ist ein Lächeln«, antworte ich weise, indem ich Tante Joan zitiere.

Nat lacht. »Das Hübscheste, was du tragen kannst, ist ein Lächeln *und* dieses Halsband«, kontert sie. »Du solltest es unbedingt kaufen.«

Ich habe kein Geld. Obwohl ich anfange, die Halskette ein bisschen zu mögen, könnte ich sie mir niemals leisten. »Danke, Nat, aber ich denke vielleicht erst mal darüber nach. Wenn sie mir später immer noch gefällt, komme ich wieder her«, sage ich und nehme sie ab, dabei weiß ich ganz genau, dass ich sie niemals kaufen werde. Meine Familie muss den Gürtel enger schnallen und ich muss gegen Materialismus immun sein. Sozusagen.

Als wir den Laden verlassen (nachdem alle anderen irgendwelche Haarspangen und Armbänder gekauft haben), höre ich jemanden meinen Spitznamen rufen.

»Hey-Hey! Da ist Toons!«

Ich schaue mich um und sehe Joshuas Freund Michael zusammen mit Joshua und einigen anderen aus dem Basketballteam bei einer Bank herumhängen. Was machen die denn hier? Ich grinse.

Ich weiß immer noch nicht so recht, wie ich mit ihnen umgehen soll. Ich war früher jedes Mal nervös, wenn ich es mit mehreren Jungs zu tun hatte, denn es konnte sein, dass sie »Uuuuuh, Schachclub« riefen oder etwas in der Art. Aber seit ich durch Joshua diese Basketballtypen kennengelernt habe (das war, nachdem Tanya meine Cartoons verteilt hat), sind sie immer nett zu mir. Trotzdem ist ein Teil von mir manchmal ein bisschen unruhig.

»Kennst du die?«, flüstert Scarlett.

»Ja, also, eigentlich kennt Jess sie«, flüstert Nat zurück.

Ich winke den Jungs zu und sie kommen zu uns rüber. Michael gibt mir ein High Five und dann schubst er mich spielerisch (so als wollte er sich mir gegenüber nicht allzu anständig benehmen). Ich lache und sage: »Hey.«

»Hallo, hallo«, sagt Joshua lächelnd.

»Hey, Joshua«, antworte ich.

»Ach, das ist also Josh«, sagt Scarlett. *Joshua*, denke ich verärgert. *Nenn ihn bei seinem richtigen Namen.*

»Wer ist deine Freundin?«, fragt Michael. »Und was ist mit ihrer Hand passiert?« Er deutet auf Scarletts Henna-Tattoos.

»Ey, Herzchen, du hast dich vollgekritzelt. Schon gemerkt?«, sagt einer, der Damon heißt. Einige der Jungs lachen.

»Entschuldige, ignoriere sie einfach«, sagt Joshua. »Hi, ich bin Joshua.«

»Scarlett«, sagt Scarlett, streckt ihm die Hand hin und schüttelt seine. »Ich habe schon sooo viel von dir gehört.«

»Echt?« Joshua wirkt überrascht und wirft mir einen Blick zu. *Das ist gelogen*, denke ich verärgert. Sie hat nur eine einzige Sache über ihn gehört.

»Ja. Du magst Spider-Man, hab ich recht?«, fährt Scarlett fort. Und das *ist* die eine Sache.

»Oh ja«, sagt Joshua. Er scheint erleichtert zu sein. »Ich liebe Spider-Man.«

»Ich auch«, sagt Scarlett. Sie schenkt Joshua ein gewinnendes Lächeln.

»Wirklich?«, sagt Joshua. »Peter Parker oder Miles Morales?«

»Oh, ich mag beide, Josh«, sagt Scarlett.

»Wow, ein Mädchen, das sich mit Spider-Man auskennt«, sagt Joshua, und ich ärgere mich darüber, wie ihn das zu beeindrucken scheint.

Seine Name ist nicht Josh, sondern Joshua!, will ich rufen. Könnte bitte mal einer den Song von den *Ting Tings* spielen? *That's Not My Name*. Scarlett darf Joshua doch nicht noch vor mir einen Spitznamen geben. Sie hat ihn gerade erst kennengelernt.

»Und was habt ihr so vor?« Völlig mühelos fängt Scarlett an, mit den Jungs zu quatschen. Bald haben Michael und Damon scheinbar vergessen, dass sie sich über ihre Hände lustig machen wollten, und sind in eine Unterhaltung vertieft. Ganz schön selbstbewusst, wenn man bedenkt, dass Scarlett wie wir erst elf ist.

Joshua und ich erzählen uns gegenseitig, wie wir das Wochenende verbracht haben. Ich höre ihn gern über sein Basketballtraining reden und berichte ihm von meiner verrückten Tante.

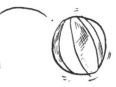

»Aus ihr könnte man bestimmt einen tollen Schaf-Cartoon machen«, witzelt er.

»Jap«, stimme ich zu. Aber, um ehrlich zu sein, bin ich mir nicht sicher, ob ich mich das trauen würde. Denn falls sie es je herausfindet, wäre ihre Empörung über eine weggeworfene Chipstüte nichts dagegen.

»Oh, Jess, bevor ich es vergesse. Möchtest du mit mir zu dieser Comic-Convention gehen?«, fragt Joshua. »Lewis wollte mitkommen, aber jetzt kann er nicht. Sie findet nächsten Samstag statt. Das wird bestimmt lustig und mein Dad fährt uns hin.«

Ich werfe Scarlett einen verstohlenen Blick zu. Ich bin mir nicht sicher, aber ich meine, ein Zucken in ihrem Gesicht gesehen zu haben, als Joshua das Wort »Comic« benutzt hat. Ich weiß nicht, ob sie uns hören kann. Ich möchte nicht, dass sie uns hört.

»Au ja, cool, warum nicht?«, sage ich und versuche, mich nicht ablenken zu lassen. »Ich muss natürlich erst noch meine Mum fragen, aber sie erlaubt es bestimmt.« Das könnte ein Riesenspaß werden.

»Toll.« Joshua lächelt. Dann erzählt er mir von seiner neuen Idee für den nächsten Roland-Comic. Sie hört sich fantastisch an, aber ich würde in Scarletts Hörweite lieber nicht zu viel darüber reden.

Im Augenblick weiß Joshua nicht, dass Scarlett Cartoons zeichnet. Und sie weiß nicht, dass er mit Comics zu tun hat. Und irgendwie wäre es mir lieber, wenn es so bliebe.

»Klingt total witzig«, sage ich. »Lass uns am Montag darüber sprechen.«

»Klar, am Montag reden wir auf jeden Fall darüber«, erklärt sich Joshua einverstanden. »Sind dir noch irgendwelche Ideen für den Comic eingefallen?«

Da beendet Scarlett ihre Unterhaltung und mischt sich in unsere ein. »Was höre ich da? Ihr redet über einen Comic?«

Neiiin, denke ich hilflos, während Joshua ihr alles erklärt. Scarlett gibt sich sehr beeindruckt und kann es natürlich nicht lassen zu erzählen, dass sie sich auch für eine Cartoonistin hält. *Neiiin! Ich bin die Cartoonistin!*, will ich rufen. Sei still, Scarlett. Der Job ist schon vergeben.

Joshua erzählt ihr von seinem Roland-Comic, und dann beschreibt er ihr meinen Miss-Price-Schaf-Cartoon und sagt, er wäre echt witzig, aber Scarlett unterbricht ihn und meint: »Das checke ich nicht.« Also erklärt Joshua ihr, wie Miss Price ihren Französischunterricht gestaltet, und dann sagt Scarlett: »Ach soooo«, und lacht andeutungsweise. »Vielleicht muss man dabei gewesen sein«, fügt sie hinzu.

»Andere finden ihn aber schon witzig«, höre ich mich selbst herausplatzen.

»Aber ja, ganz bestimmt«, sagt Scarlett und schenkt mir ein Lächeln, von dem ich weiß, dass sie es nur für Joshua aufsetzt, damit er nicht spitzkriegt, wie fies sie in Wirklichkeit ist. »Aber weißt du, Humor ist Geschmackssache. Mach dir also nichts draus, wenn deine Witze nicht bei jedem ankommen. Ich finde ja, dass sich Joshs Roland-Comic total witzig anhört, aber dein Schaf klingt ein bisschen öde. Tut mir voll leid.«

WAS? Ich könnte platzen vor Wut, aber ich beherrsche mich.

»Tja, aber es ist aufs Cover gekommen, und das sagt ja wohl alles«, gebe ich großspurig zurück.

»Prima.« Scarlett tut verwirrt und wendet sich wieder strahlend Joshua zu. »Jedenfalls, wenn ihr mal etwas *Frisches* wollt, lasst es mich wissen.« *Neiiin.*

»Klar, klingt super«, sagt Joshua. *Doppeltes Neiiin.*

»Hier, meine Karte«, sagt Scarlett und reicht Josh etwas. Scarlett hat eine *Visitenkarte.* Na klar. Unendliches *Neiiin.* Hör auf, in meinem Revier zu wildern, du Hexe!, möchte ich schreien.

Ich überdenke gerade die verschiedenen Folgen, die es hätte, wenn ich (a) zu heulen anfangen würde, (b) Scarlett mit einem riesigen Baseballschläger eins überbraten würde oder (c) ein Ablenkungsmanöver versuchen würde, indem ich »Feuer!« schreie. Da kommt mir Amelia unerwartet zu Hilfe.

»Scarlett, Baby, hast du mal auf die Uhr geschaut?«, sagt sie. »Wir sollten uns bald auf den Heimweg machen.« Zum Glück findet Amelia Comics immer noch langweilig. Obwohl der Schaden jetzt schon angerichtet ist.

»Oh ja, es wird höchste Zeit«, stimmt Scarlett ihr zu. »Ich will vorher noch schnell bei *Boots* reinschauen. Wenn ich zu spät komme, verwandelt sich Dad in Dr Jekyll und flippt komplett aus.«

»Dr Jekyll war aber der Nette von beiden«, höre ich mich sagen.

»Was?«, sagt Scarlett. Alle starren mich an.

»Du meinst doch das Buch *Der seltsame Fall des Dr. Jekyll und Mr. Hyde*. Also, Dr Jekyll war der Nette. Durch den Zaubertrank verwandelte er sich in das Monster Mr Hyde.« Die Sache beginnt, mir Spaß zu machen, und ich schmücke alles noch ein bisschen aus. »Du wolltest deinen Vater vermutlich eben als Monster darstellen. Aber in Wirklichkeit hast du ihn mit einem zivilisierten Menschen verglichen.«

Ha, wer ist jetzt blamiert? Geschieht dir recht, Scarlett! Ich hebe eine Augenbraue, um meinen Triumph zu untermauern. Ich weiß, das ist ein billiger Sieg, aber hey …

Amelia sieht mich an, als würde sie sich fragen, woher in aller Welt ich das weiß, verkneift sich aber einen Kommentar. Ich habe das auf einem meiner »lehrreichen Ausflüge« mit Tante Joan gelernt. Bei einem ihrer letzten Besuche bestand sie darauf, Ryan und mich in die Bibliothek zu schleppen, damit wir lernen, unser Hirn zu benutzen, und nicht »komplette Idioten« werden.

Ryan durfte sich ein Kinderbuch aussuchen, aber Joan bestand darauf, dass ich mir ein Buch aus der Abteilung mit klassischer Literatur hole, da ich jetzt »erwachsen wurde«. Da half kein Protestieren. Schließlich suchte ich mir *Der seltsame Fall des Dr. Jekyll und Mr. Hyde* aus, weil es das dünnste Buch war. Ich habe es sogar fertig gelesen und es hat mir richtig gut gefallen.

»Ist ja auch egal«, sagt Scarlett herablassend, als hätte ich mir einen seltsamen Ausrutscher erlaubt und nicht mit meinem Wissen brilliert. Wir verabschieden uns von den Jungs und

machen uns anschließend auf den Weg zu *Boots*.

Während wir uns Kosmetikprodukte anschauen, die essbar riechen, dreht sich in mir alles vor Ärger und Verwirrung. Ich versuche, genussvoll an Erdbeerseife, Kokosnuss-Shampoo, Kirsch-Duschgel und Schoko-Schaumbad zu schnuppern. Doch ich kann dabei an nichts anderes denken als daran, dass ich womöglich jemanden gefunden habe, den ich mehr hasse als Amelia und Harriet VanDerk zusammen.

Und dann, als Amelia und Natalie darüber staunen, dass sie vom Geruch des Schoko-Schaumbads Lust auf echte Schokolade bekommen, sehe ich, wie Scarlett eine der Erdbeerseifen in ihre Tasche gleiten lässt. Ich bin viel zu schockiert, um etwas zu sagen.

»Zeit zu gehen«, verkündet sie.

Wir machen uns auf den Heimweg.

Ich wusste, dass mit Scarlett etwas nicht stimmt. Sie ist nicht nur eine Amelia 2.0, die zusätzlich zeichnen kann. Sie ist kriminell. Ich habe sie beim Stehlen beobachtet. Ich könnte damit zu *Aktenzeichen XY* gehen.

Ich bin eine Zeugin, wie in einem Krimi. Sicher, es handelt sich nur um ein Stückchen Seife und man würde mir deswegen keine neue Identität verpassen und mich in ein Zeugenschutzprogramm stecken, aber Scarlett hat gegen das Gesetz verstoßen und ist darum eine gerissene Verbrecherin.

Ich kann es kaum erwarten, endlich allen davon zu erzählen. Wobei … der geeignete Zeitpunkt dafür wäre vorhin im Einkaufszentrum gewesen. Jetzt könnte sie das Beweisstück einfach verschwinden lassen. Aber wenn ich sie nicht belaste, behindere ich dann nicht die Aufklärung einer Straftat? Vielleicht sollte ich die Sache lieber erst mal für mich behalten. Aber falls Scarlett mich noch mehr ärgern sollte, könnte ich damit herausrücken, dass sie eine Kleinkriminelle ist.

Was ist das für ein Lärm? Ich werde von schrillen Tönen beim Tagträumen gestört. Es hört sich auf gruselige Weise wie *Twinkle Twinkle Little Star* an, aber als würde es jemand auf einem Xylofon spielen. Also echt, es ist schlimm genug, dass Scarlett mich von meiner Arbeit am Artenschutzprojekt ablenkt, da brauche ich nicht auch noch ein seltsames Geräusch von draußen.

Ich trete ans Fenster und sehe hinaus. Ryan sitzt mit untergeschlagenen Beinen mitten im Vorgarten und spielt auf seinem Xylofon (habe ich also richtig gehört). Vor ihm liegt eine umgedrehte Kappe. Du liebes bisschen, er macht Straßenmusik! Er macht Straßenmusik in unserem Vorgarten. Er hat sogar ein paar Münzen in die Kappe gelegt.

»Danke, vielen, vielen Dank!«, ruft er niemand Speziellem zu und beendet *Twinkle Twinkle Little Star*. »Treten Sie näher! Treten Sie näher!«, ruft er und fängt dann an, *Three Blind Mice* zu spielen. Das ist unglaublich. Ich kann ihn nur bewundern, obwohl ich sicher bin, dass diese sich ständig wiederholenden hohen Töne bald jedem auf die Nerven gehen werden.

Und was soll ich sagen, schon öffnet sich eine Haustür. »Hallo, junger Mann«, sagt Mr VanDerk. »Was soll der Höllenlärm am Sonntag?« Typisch für die VanDerks. Ein Höllenlärm ist es nun auch wieder nicht. Und *ihre* Kinder üben ständig so laut Klavier, dass wir es durch die Wände hindurch hören können, und haben wir uns je beschwert? Blödmänner!

»Hallo!«, sagt Ryan liebenswürdig. »Ich mache Straßenmusik, um Geld für Schokolade zu verdienen. Möchten Sie mir etwas geben?«

»Ich würde dir höchstens etwas dafür geben, dass du aufhörst«, sagt Mr VanDerk und dann gluckst er über seinen eigenen Witz.

Ich überlege, ob ich runterlaufen soll, damit Mr VanDerk

nicht weiter auf Ryans Gefühlen herumtrampelt und seine Selbstachtung zerstört, als unsere Haustür aufgeht und Mums Stimme zu hören ist.

»Was ist hier los?«

»Hi, Mummy. Ich mache Musik für Geld, damit wir uns wieder Schokolade leisten können«, erklärt Ryan bereitwillig.

Ich kann mir lebhaft vorstellen, wie demütigend es für Mum ist, dass einer der VanDerks das zu hören bekommt. Meine Eltern tun den VanDerks gegenüber gerne so, als wäre bei uns alles in bester Ordnung, und jetzt fliegen ihre sorgfältig konstruierten Lügen auf, wie erfolgreich wir angeblich sind.

»Was redest du da für einen Unfug, Schatz?«, sagt Mum. »Komm bitte ins Haus.«

Aber Mr VanDerk lässt sich die Gelegenheit zur Schadenfreude nicht entgehen. »Ach du je«, sagt er. »Kinder bekommen ja oft Dinge mit, die nicht für ihre Ohren bestimmt sind, nicht wahr?«

»Aber Mummy, ich mache Straßenmusik!« Ryan klingt verwirrt darüber, dass er verscheucht wird.

»Rein mit dir, *jetzt*«, sagt Mum gereizt. Ryan steht beleidigt auf und bringt seine Sachen rein.

»Keine Sorge, ich bin sicher, es wird alles wieder gut werden«, sagt Mr VanDerk mit falscher Freundlichkeit.

»Ich würde ja zu gerne noch mit Ihnen plaudern, aber ich muss wieder ins Haus«, erwidert Mum.

Die Haustür wird geschlossen, aber jetzt geht der Ärger erst richtig los.

»Was soll das bedeuten, er hätte Straßenmusik gemacht?«, höre ich Dad sagen. Dann sprechen sie mit gesenkten Stimmen. Ich gehe zur Tür, um etwas zu verstehen.

»Aber Daddy, ich war doch brav. Im Vorgarten ist es nicht gefährlich«, höre ich Ryan erklären.

»Das ist alles wegen dir, Joan!«, beschuldigt Mum meine Tante.

»Ich verstehe nicht, wo das Problem liegt«, antwortet Joan. »Es ist toll, dass er versucht, etwas aus sich zu machen. Allemal besser als fernsehen.«

»Er versucht *nicht*, etwas aus sich zu machen!« Mums Stimme wird lauter. »Er blamiert unsere Familie vor den Nachbarn. Ich möchte nicht, dass die ganze verdammte Straße über uns Bescheid weiß.«

»Es gibt nichts, weswegen ihr euch schämen müsstet«, erwidert Joan, deren Stimme jetzt auch lauter wird. »Wenn eure Nachbarn so dermaßen kleinkariert sind, dann ist es *ihr* Problem!«

»Joan, wir müssen mit diesen Menschen auskommen«, gibt Mum außer sich zurück.

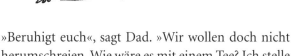

»Beruhigt euch«, sagt Dad. »Wir wollen doch nicht herumschreien. Wie wäre es mit einem Tee? Ich stelle schon mal das Wasser auf.«

Dads tapferer Versuch, die Lage zu beruhigen, scheint der letzte Funke zu sein, der die Zündschnur in Brand setzt und alles in die Luft jagt. Hoppla!

Wenn das ein Cartoon wäre, dann wäre Ryans Straßenmusik eine Linie mit Schwarzpulver. Die Reaktion von Mum und meiner Tante wäre ein Keller voller Dynamit. Und Dads Beruhigungsversuch wäre ein brennendes Zündholz, das auf die Schwarzpulverlinie fällt, die zufälligerweise in den Keller voller Dynamit führt.

Es klopft an meiner Tür. Als ich sie öffne, steht Ryan davor. Er ist total aufgelöst.

»Piraten-Lego?«, schlage ich vor und er nickt dankbar. Er verschwindet in seinem Zimmer, um das Piratenschiff und das Basislager zu holen.

Ich weiß nicht, wann es angefangen hat, aber mit Ryan Piraten-Lego zu spielen, beruhigt mich auf merkwürdige Weise. Es ist, als könnte um uns herum noch so sehr der Wahnsinn toben, aber wir können uns jederzeit zurückziehen und Piraten-Lego spielen.

Als ich letztes Halbjahr wegen Natalie so durch den Wind war, hat es mir großen Spaß gemacht, einfach mal alles zu vergessen und mit Ryan so etwas Simples wie Piraten-Lego zu spielen. Außerdem hat es mich auf Ideen gebracht, auf die ich sonst nicht gekommen wäre. Ist doch klar, dass ich ihm denselben Gefallen tue, wenn er Ärger hat.

Ryan beginnt, die Legofiguren auf meinem Teppich aufzubauen. Ich habe es schon mal gesagt und ich sage es erneut: Wenn meine Eltern wirklich Geld sparen wollen, dann sollten sie in der Zeit zurückreisen und Ryan weniger Spielzeug kaufen. Zugegeben, eine Zeitmaschine zu entwickeln und zu bauen, frisst sicher einen Teil der Einsparungen, die man dadurch machen kann, aber trotzdem.

Ryan ist stiller als sonst und erklärt die Handlung seiner Piratengeschichte nicht so begeistert, wie er es normalerweise tut. (Der Erste Offizier mit dem gestreiften Oberteil heißt jetzt Clyde und wird seit einem Sturm vermisst. Es stellt sich heraus – Achtung, Spoiler! –, dass er gekidnappt wurde und von einer anderen Piratenbande gegen Lösegeld als Geisel gehalten wird.) Ryan freut sich nicht mal wie sonst, als wir die Kanonen abfeuern. Ich beschließe, ihn versuchsweise aufzumuntern.

»Mach dir keine Sorgen, Ryan, die spinnen doch alle«, sage ich. Ryan kichert verschüchtert und unsicher. »Das wird sich bald legen«, füge ich hinzu. »Ich glaube, Mum und Joan sind genetisch darauf programmiert, sich anzuschreien. Es hat nicht das Geringste mit dir zu tun. Es ist bloß ihre Art, miteinander zu reden.«

Ryan nickt, macht ein erleichtertes Gesicht und feuert noch eine Lego-Kanone ab.

12. kapitel

Mal ehrlich, meine Familie ist völlig irre, denke ich, als ich am Montagmorgen mit dem Bus zur Schule fahre. Wenigstens hat Mum sich bei Ryan dafür entschuldigt, dass sie ihn durcheinandergebracht und erschreckt hat. Allerdings wurde sie dabei gestört, als Tante Joan aus unserem Haus stürmte und sagte, sie würde sich von Mum »nie wieder so abkanzeln lassen«. Ich bin aber ziemlich sicher, dass sie wiederkommen wird.

Ach, was soll's. Immerhin läuft mit Natalie alles richtig gut.

»Was soll das heißen, du hast es nicht gelesen?«, regt sich Natalie auf, während zum Unterrichtsbeginn unsere Namen aufgerufen werden. Ich habe ihr gestanden, dass ich vielleicht nicht vollständig damit fertig geworden bin, die restlichen Unterlagen zum Artenschutzprojekt durchzulesen. Autsch. Tja, mit Natalie *lief* alles richtig gut.

»Das meiste habe ich gelesen«, behaupte ich, um die Sache wieder ins Lot zu bringen. »Sieh die positive Seite.«

»Oh, *Jess*.« Natalie seufzt verärgert. »Warum hast du es nicht fertig gelesen?«

Ich möchte sagen: »Weil es bei uns gestern Abend einen Riesenkrach gab, bei dem es um Xylofon-Straßenmusik in unserem Vorgarten ging. Und ich musste mit meinem kleinen Bruder Piraten-Lego spielen, um ihn aufzuheitern.«

Aber es klingt … irgendwie seltsam, wenn man es ausspricht, also lasse ich es.

»Es tut mir aufrichtig leid, Nat. Mir war nicht klar, dass du so scharf darauf bist, sofort mit allem anzufangen«, sage ich.

»Obwohl ich es *ausdrücklich* gesagt hatte?«

»Ja, genau. Woher sollte ich wissen, wie du das meinst?«, versuche ich es mit Humor.

Ein amüsierter Ausdruck huscht über Natalies Gesicht, aber sie schafft es, ihn zu unterdrücken. »Jess, ich meine es ernst.«

»Ich weiß«, sage ich reumütig.

Ich würde sie so gern zum Lachen bringen und die Stimmung ein bisschen auflockern. Ich will nicht, dass sie sauer auf mich ist. Ich beschließe, aufs Ganze zu gehen. Alles oder nichts. Ich tue so, als würde ich ihr die Nasenspitze abknipsen und stecke meinen Daumen zwischen Zeige- und Mittelfinger. »Ich habe deine Nase!«, sage ich albern.

Natalie sieht aus wie die Selbstbeherrschung in Person, aber dann grinst sie übers ganze Gesicht und fängt an zu kichern. »Du bist so eine Verrückte!«, ruft sie.

»Genau das magst du an mir«, antworte ich.

»Du hast aber versprochen, dass du an der Sache hart arbeiten würdest.«

»Ich weiß, und das werde ich. Ich hab doch gesagt, dass es mir leidtut. Komm schon, ich dachte, wir wollten dabei auch Spaß haben.«

»Na klar haben wir den.« Sie lächelt erneut und schüttelt dabei über mich den Kopf.

Puh, der gute alte Nasentrick wirkt vielleicht nicht mehr bei Ryan, aber Natalie liebt ihn total. Ich fürchte aber, dass ich ihn nicht jedes Mal anwenden kann, wenn sie wütend auf mich ist. Bald wird er sicher auch nur noch ein alter Hut sein.

Ich bin ein bisschen frustriert, als wir uns auf den Weg in die Morgenversammlung machen. Ich möchte nicht ständig gezwungen sein, Natalie zu besänftigen. Mein Leben ist auch so schon anstrengend genug. Das Projekt sollte doch Spaß machen. Ich wünschte, sie wäre lockerer drauf und könnte es mehr genießen.

Es gibt nichts Besseres als einen herrlichen Montagmorgen, um sich des Lebens zu freuen. Und das hier ist wirklich *alles andere* als ein herrlicher Montagmorgen, an dem man sich des Lebens freut. Haha, ich bin trotz allem immer noch witzig.

Zum Glück bringe ich die beiden Doppelstunden Naturwissenschaften und Sport ohne unliebsame Zwischenfälle hinter mich. Es ist schön, mit Cherry, Shantair, Megan, Emily und Fatimah die letzten Neuigkeiten auszutauschen. Und selbst Tanya und Amelia scheinen weitgehend gut drauf zu sein.

Das einzig Blöde, was passiert, ist eine Bemerkung, die Joshua in der Pause macht. Er meint, Scarlett schiene »ganz okay« zu sein, was mich aus irgendeinem Grund deprimiert. Ich meine, das Mädchen ist offensichtlich sonderbar und fies, das sieht doch jeder Idiot.

»Und sie hat O M G gesagt«, verrate ich Cherry und Shantair in der Pause, sobald Joshua weg ist. »Als Einzelbuchstaben. Beim Sprechen, nicht beim Simsen oder so. Ich meine, wie lächerlich ist das denn? Dabei spart man nicht mal Zeit oder so!«

Cherry und Shantair wechseln kurz einen Blick, aber dann sagt Shantair: »Das stimmt, es hat gleich viele Silben.«

»Genau«, sage ich. Ich wusste, dass meine Freundinnen aus dem Schachclub Scarlett auch für bescheuert halten würden. Warum fällt es Joshua nicht ebenfalls auf? So ein blöder Montag.

Nachmittags haben wir anstelle von Informatik im Werkraum wieder eine Stunde für unser Artenschutzprojekt. Wir erfahren, dass wir bald eine Exkursion unternehmen werden, was meine Laune ein wenig hebt.

Hauptsächlich geht es in der Stunde aber darum, dass wir Leute anschreiben müssen, die beruflich irgendwie mit Wildtieren und Wildpflanzen arbeiten. Wir sollen ihnen von unserem Schulprojekt erzählen und sie darum bitten, uns bei unseren Recherchen zu helfen, indem sie uns Informationen schicken. Dabei üben wir gleichzeitig, wie man Briefe verfasst und wie man halbprominente Leute belästigt. Ist doch super, oder?

Nun, ich sage halbprominente Leute. Sobald das angekündigt worden ist, entbrennt eine Diskussion darüber, wen wir fragen sollen und wie wir das entscheiden.

Mrs Cole hat ein paar gute Vorschläge. Sie verteilt sogar eine umfangreiche Liste mit geeigneten Ansprechpartnern. Darauf stehen überwiegend Mitglieder von Tierschutzorganisationen, örtliche Gemeinderäte, Naturschutzorganisationen und so. Sie wurden darüber informiert, dass sie vielleicht Post von uns bekommen, und wissen, dass sie schnell antworten sollten, damit uns genug Zeit für das Projekt bleibt.

Aber einige von uns haben beschlossen, die Information

völlig anders auszulegen. Natalie und ich können hören, wie sie Mrs Coles Vorschlag ignorieren und sagen, dass sie so viele junge Promis und Popstars wie möglich anschreiben wollen.

Besonders beliebt sind die Moderatoren einer Kindersendung über Wildtiere, *Cool For Cats*. (Es sind drei Moderatoren, zwei Mädchen, Melanie und Saz, und ein Junge, Martin, in den einige Mädchen aus unserem Jahrgang verknallt sind.) Das Team von *Cool For Cats* ist manchmal auch in der Sendung *Blue Peter* zu Gast, wo sie den dortigen Moderatoren zeigen, wie man ein Kaninchen richtig hält, und solche Sachen.

Mrs Cole bekommt das Geschnatter natürlich auch mit und rät mehrmals davon ab, es so zu machen. »Hört mal alle zu. Ich weiß, wie verlockend es ist, berühmtere Experten für Wildtiere anzuschreiben, aber ihr müsst euch darüber im Klaren sein, wie unwahrscheinlich es ist, von ihnen eine Antwort zu bekommen. Das Team von *Cool For Cats* kriegt mit Sicherheit ständig körbeweise Briefe und kann gar nicht alle beantworten, so gern sie es auch täten. Es wäre mir wirklich lieber, wenn ihr euch jemanden von der Liste aussucht.«

Keiner scheint ihr zuzuhören. Einige sagen, dass sie die Moderatoren an die Schule einladen wollen, damit sie bei der Abschlusspräsentation vor der ganzen Klasse mitmachen. Sie haben alle komplett den Realitätssinn eingebüßt. Aber um ganz ehrlich zu sein, würde mich das irgendwie auch reizen.

Nat nimmt die Kappe von ihrem Füller ab und macht ein Häkchen neben einen Namen auf der Liste. »Hör mal«, sagt sie. »Alle anderen werden richtig berühmte Fernsehleute anschreiben, die niemals antworten werden. Aber die offiziellen Leute von der Liste werden am schnellsten zurückschreiben, darum werden wir super vorankommen. Also wir schreiben denen.«

»Ja«, sage ich folgsam. Obwohl ein Teil von mir angefangen hatte, mit dem Gedanken zu spielen, dass wir eine Menge Spaß haben könnten, wenn wir versuchsweise einen Star anschreiben. Wir müssen uns ja nicht immer streng an die Vorschrift halten. Ich bemerke vorsichtig: »Aber meinst du nicht, dass das ein bisschen … langweilig ist?«

»*Jess*?«, sagt Natalie mit grimmiger Miene. »Fängst du jetzt auch damit an? Also wirklich! Wir müssen dafür sorgen, dass wir die bestmögliche Chance haben, das Projekt fertig zu kriegen. Kein Popstar schert sich auch nur die Bohne um ein Artenschutzprojekt von Sechstklässlern. Und das weißt du ganz genau.«

»Na ja, vielleicht gilt das für die ganz berühmten Stars, aber was, wenn –«

»Nein!«, unterbricht sie mich mit fester Stimme. »Je eher wir den langweiligen offiziellen Leuten schreiben, desto eher bekommen wir eine Antwort. Und desto schneller können wir unsere Arbeit über die Bühne bringen.«

»Ja, du hast recht, schätze ich.«

»Und dadurch wird dir mehr Zeit bleiben, um ganz viele Bilder zu zeichnen«, fügt sie mit einem gerissenen Lächeln hinzu.

Nat kennt mich in- und auswendig. Ich habe ein schlechtes Gewissen, dass ich gerade so unschöne Sachen über sie gedacht habe. Ich lächle reumütig zurück.

»Ich liebe es, viele Bilder zu zeichnen«, sage ich. Nat kichert und nennt mich eine Spinnerin.

Wir suchen uns zwei offizielle Experten aus und kommen mit den Briefen gut voran. Am Ende der Stunde sind wir fertig. Jetzt muss ich mir nur noch daheim eine Briefmarke von meinen Eltern geben lassen und meinen Brief einwerfen. Wenn wir dann die Hauptarbeit schnell hinter uns gebracht haben, kann ich Tiere zeichnen, bis ich umfalle. Hurra!

Als ich heimkomme, sitzt Dad auf dem Sofa und sieht fern. Er wirkt ein bisschen müde und niedergeschlagen.

»Hallo, Jessica«, sagt er und sieht auf, als ich reinkomme. »Möchtest du dich zu mir setzen? Ich schaue die neue Vogelsendung von Horace King. Sie ist hochinteressant.«

»Äh, klar doch.« Ich lasse meine Tasche fallen und fläze mich neben ihn, obwohl ich bezweifle, dass mein Dad und ich die gleiche Vorstellung davon haben, was interessant ist.

»Als ich in deinem Alter war, habe ich die Kindersendung von Horace geliebt«, sagt Dad. »Einmal habe ich ein Vogelhäuschen für den Garten gebaut, genau so, wie Horace es in seiner Sendung vormacht hat.«

Für einen kurzen Augenblick stelle ich mir Dads idyllische, prähistorische Kindheit vor, dann werde ich in die Gegenwart zurückgeschleudert, als Mum ins Wohnzimmer platzt und sagt: »Dein Sohn treibt mich noch in den Wahnsinn. Solange ich koche, solltest du lieber dafür sorgen, dass er hier drin bleibt.« Dann schiebt sie Ryan, der seinen Astronautenhelm aufhat, ins Wohnzimmer, verschwindet wieder und schlägt die Tür hinter sich zu.

»Ich bin ein ASTRONAUT!«, kreischt Ryan. Er ist kein bisschen zerknirscht.

»Pssst, Ryan! Dad möchte eine Sendung über Vögel anschauen«, sage ich.

»ICH BIN EIN ASTRONAUT! ICH BIN EIN ASTRONAUT!«, krakeelt Ryan.

Ich hasse ihn, wenn er sich so aufführt. Jetzt ärgere ich mich, dass ich gestern so nett zu ihm war.

»Sei still, Ryan!« Ich hebe die Stimme. »Wir wollen fernsehen.«

»Aufnehmen, aufnehmen, aufnehmen«, singt Ryan, dreht sich mehrmals um sich selbst, fällt dann um und macht laute »Sterbegeräusche«.

»Ich kann nichts aufnehmen«, sagt Dad betrübt. »Der Rekorder ist kaputt, und solange wir unseren Gürtel enger schnallen, können wir keinen neuen kaufen.«

»DADDY!« Ryan springt auf und klettert auf Dads Schoß. »Ich will draußen spielen.«

»Wie wäre es, wenn Jessica mit dir rausgeht?«, schlägt Dad hoffnungsvoll vor.

»Sicher«, sage ich, denn Dad beginnt, mir leidzutun.

»NEIN!«, schreit Ryan aufgebracht. »*DADDY!*«

»GEBT ENDLICH RUHE DA DRINNEN!«, kreischt Mum aus der Küche.

»Na gut, Ryan.« Dad erhebt sich seufzend. »Gehen wir in den Garten.«

Ich glaube, es ist das erste Mal, dass ich mit einem meiner Eltern Mitleid bekomme. Klar, ich habe früher schon oft *Verständnis* für sie gezeigt. Aber ich habe mir immer gesagt, dass sie selbst schuld sind, weil sie Ryan überhaupt in die Welt gesetzt haben. Jetzt wird mir klar, dass sie auch nicht immer tun und lassen können, was sie wollen.

Armer Dad. Er ist so ein sanfter und freundlicher Mann, der immer Tee macht und sich um Harmonie bemüht. Jetzt will er einfach nur eine neue Sendung mit seinem Idol schauen, und selbst das darf er nicht.

Da habe ich eine geniale Idee.

13. Kapitel

Ich bin immer noch total aufgeregt über meine geniale Idee, als Joshua und sein Dad mich am Samstag zur Comic-Convention abholen. (So genial ist die Idee!) Es ist außerdem eine *geheime* geniale Idee. Mir war nie klar, wie aufregend es sein kann, vor anderen ein Geheimnis zu haben.

Nat und ich sind diese Woche außerdem mit dem Projekt prima vorangekommen. Wir haben uns ein paar Mal gegenseitig besucht, und ich weiß jetzt unheimlich viel über Insekten, Blätter und Imkerei. Ihr könnt mich alles fragen. Mir ist nicht ganz wohl dabei, dass ich selbst Natalie nichts von meiner geheimen genialen Idee erzählt habe, aber ich glaube, es ist besser so. Denn dann wird es eine umso größere Überraschung.

Joshuas Eltern sind geschieden, und sein Dad fährt ihn gerne überall hin, wo er an den Wochenenden, die er bei ihm verbringt, hinmöchte. Er sagt auch nie, er wäre zu beschäftigt, denn diese Wochenenden gehören ihnen beiden.

Irgendwie erscheint mir das fast ein besseres Arrangement zu sein, als zwei Elternteile zu haben, die zusammen sind, einen aber beide ignorieren. Ich will natürlich nicht, dass meine Eltern sich trennen oder gar scheiden lassen, aber in mancher Hinsicht beneide ich Joshua. Ich kann mich nicht daran erinnern, wann ich das letzte Mal einen kompletten Nachmittag mit einem meiner Eltern verbracht habe. Meine Eltern freuen sich, wenn wir etwas ohne sie unternehmen. Meine Tante ist diejenige, die uns irgendwohin mitnimmt.

Doch dann stellt sich heraus, dass Joshuas Dad nur Zeitung lesend im Café sitzt, während wir ohne ihn auf der Convention herumlaufen. Eine richtige gemeinsame Unternehmung ist es also nicht. Aber egal. Die Familiensituation an sich ist trotzdem nicht schlecht.

Joshua zeigt mir einige seiner Lieblings-Comics. Wir trinken Smoothies und reden über verschiedene Zeichenstile und welches die besten Geschichten sind. Dann stellen wir uns in einer Schlange an, weil Joshua ein Autogramm von einem seiner Lieblings-Comiczeichner haben möchte. Ich amüsiere mich prächtig. Das macht total Spaß.

»O M G! Josh, nicht wahr?« Scarlett erscheint wie aus dem Nichts und klopft Joshua auf die Schulter. *Neiiiiiiin!*

Wisst ihr, was so toll daran ist, zufällig Scarlett zu begegnen? Rein gar nichts.

»Oh, hi«, sagt Joshua.

»Was für ein Zufall, dass ich dich hier treffe, Josh«, plappert sie weiter. Josh*ua*, würde ich am liebsten schreien. Eine kurze Pause entsteht.

»Du erinnerst dich auch an Jess?«, gibt Joshua ihr das Stichwort. Scarlett scheint mich viel lieber ignorieren zu wollen. Aber das beruht auf Gegenseitigkeit.

»Oh! Äh, ja …« Scarlett tut so, als würde sie sich das Hirn zermartern. »*Jen*, oder?«

»Jessica«, sage ich.

»Stimmt, stimmt, schön, dich kennenzulernen, äh, wiederzusehen.« Sie lacht über ihre scheinbare Verwirrung. »Wir haben uns doch auf der Pyjama-Party getroffen.« Ich nicke. Dann lässt Scarlett ihr freundliches Getue bleiben und fügt mit eisiger Stimme hinzu – aber so leise, dass Joshua es nicht hören kann: »Du bist nun mal jemand, den man leicht wieder vergisst.«

Also, echt jetzt! Wir haben sechzehn Stunden miteinander verbracht, erst auf der blöden Pyjama-Party und dann in dem blöden Einkaufszentrum. Mit Joshua hat sie gerade mal fünf Minuten gequatscht. Es ist so lächerlich offensichtlich, wie sie mich zu mobben versucht, dass Joshua darüber lachen wird, wie leicht sie zu durchschauen ist. Aber er scheint von ihrem falschen Getue nichts zu bemerken.

»Bitte, was hast du gesagt? Ich habe es nicht verstanden«, behaupte ich. Ja, wiederhole es lauter, damit Joshua hört, wie du mich beleidigst, du falsche Kuh, denke ich.

»Was?«, sagt Scarlett. »Oh, übrigens gefällt mir, was du mit deinen Haaren gemacht hast«, sagt sie liebenswürdig zu mir. »Richtig cool, wie du es zerzaust aussehen lässt, als wärst du gerade erst aufgestanden.«

Wie kann sie es wagen, so gemein zu sein! Also, echt jetzt!

»Ich habe Glück, so sehen sie von ganz allein aus«, antworte ich trocken. Ich werde ihr nicht die Genugtuung gönnen, mich zu ärgern.

Es ist nicht zu fassen, aber von dieser Beleidigung bekommt Joshua genauso wenig mit, weil sie sich wie ein Kompliment angehört hat.

»Kann ich mich bei euch dazustellen? Die Schlange ist ganz schön lang geworden.«

»*Nein*«, höre ich mich sagen, noch bevor Joshua antworten kann. Scarlett und Joshua schauen mich an. Das heißt, Joshua schaut, Scarlett starrt finster. »Wieso?«, sage ich und versuche sachlich zu klingen. »Ich ärgere mich immer, wenn Leute sich vor mir reindrängeln. Es ist den anderen gegenüber unfair.«

»Ah, okay.« Scarlett klingt niedergeschlagen. »Schon in Ordnung. Es ist nur, weil ich diesen Typ so toll finde und befürchte, dass ich sonst heimgehen muss, bevor ich drankomme.« Sie dreht sich um und geht.

»Hey, warte«, sagt Joshua. Sie bleibt stehen. (Bilde ich es mir ein, oder hat sie sich sowieso nur ganz langsam bewegt, als ob sie wüsste, dass es funktionieren würde?) Er wendet sich an mich. »Dieses eine Mal kann sie sich dazustellen, oder? Damit sie nicht leer ausgeht?«

»Oh, klar, na sicher!« Ich versuche, begeistert und vergnügt zu klingen, anstatt stinksauer. *Schachmatt.* Ich kann nichts mehr einwenden. Das heißt, ich könnte schon, aber dann würde ich meinen letzten Rest Würde einbüßen. Ich bin mal wieder das Opfer meiner eigenen guten Manieren geworden – zu blöd.

Scarlett verschwendet keine Zeit und fängt sofort an, total aufgekratzt mit Joshua zu quasseln, als wären sie alte Freunde. Sie redet über lauter Sachen, von denen ich noch nie gehört habe, und ich komme mir total ausgeschlossen vor. Diese gemeine, grässliche Scarlett! Joshua hat *mich* hierher mitgenommen. Wenn er den ganzen Tag mit Scarlett verbringen wollte, hätte er *sie* eingeladen.

Schließlich kommen wir an der Spitze der Schlange an und Joshua und Scarlett bekommen Autogramme von dem Comic-Autor. Joshua wirkt danach echt wie betäubt und total beeindruckt. »Das war cool«, murmelt er immer wieder.

»Seid ihr beiden hungrig?«, fragt Scarlett. »Ich könnte mir noch was zu essen kaufen, bevor ich nach Hause muss.« Ach, plötzlich hast du Zeit zum Essen, denke ich zynisch. Ich dachte, du müsstest dich schleunigst auf den Weg machen. Man könnte gerade meinen, du wärst durch und durch verlogen.

»Ich habe kein Geld«, antworte ich rundheraus.

»Ist egal, komm trotzdem mit«, sagt sie nachdrücklich genug, dass der betäubte Joshua mit ihr mitgeht, also muss ich wohl oder übel auch hinterhertrotten. Das ist wirklich das Allerletzte.

Ich bin gelinde gesagt überrascht, als Scarlett sich einen Hotdog kauft. »Sagtest du nicht, du seist Vegetarierin?«, bemerke ich.

»Bitte?«, fragt Scarlett, nachdem sie den ersten Bissen runtergeschluckt hat. Joshua kauft Zwiebelringe und bietet mir einen an.

»Weißt du noch, auf der Pyjama-Party? Du konntest keine Pizza mit Fleisch essen, weil du Vegetarierin bist.«

»Ach so«, sagt Scarlett, als hätte sie das schlichtweg vergessen. »Tja, ich war damals noch Vegetarierin, aber ich bin ständig ohnmächtig geworden, darum hat mein Arzt gesagt, ich müsse wieder Fleisch essen.«

»Klar, klar«, sage ich und tue so, als würde ich es mir durch den Kopf gehen lassen.

Jetzt endlich passt alles zusammen und in meinem Kopf steckt Scarlett jetzt ganz *offiziell* in der Schublade für LÜGNER. Das ist wirklich die einzige Erklärung. Sie lügt, um Aufmerksamkeit zu erregen. Womöglich ist sie sogar eine Soziopathin. (Außerdem stiehlt sie und sagt »O M G« statt »Oh mein Gott«.)

»Wie läuft's mit dem Comic?«, fragt sie. Joshua wird davon beinahe aus seiner Autogramm-Trance gerissen, aber er scheint immer noch nicht richtig zuzuhören. »Hattest du schon irgendwelche *brauchbaren* Einfälle?« (Diese Frage richtet sie an mich.)

»Ja, jede Menge«, sage ich verärgert.

Diese Woche hatte ich während unseres Treffens in der Mittagspause endlich Gelegenheit, den anderen meinen Cartoon mit der Biene und der Wespe zu zeigen, und sie fanden ihn klasse. Er soll aufs Cover. (Anstelle von Toons, habe ich gescherzt, solltet ihr mich lieber Coverman nennen, aber ich glaube nicht, dass sie das kapiert haben. Keiner hat gelacht und Joshua hat bloß den Kopf über mich geschüttelt.)

Aber der Bienen-Cartoon muss ihnen wirklich gefallen haben, denn Joshua (endlich wieder wach und zurück im Hier und Jetzt) beginnt, ihn Scarlett zu beschreiben, und sie lacht sogar darüber.

»Du *magst* meinen Bienen-Cartoon?«, rufe ich überrascht.

»*Deinen* Cartoon?« Scarlett klingt verwirrt. »Ich dachte, Josh hätte ihn gezeichnet?« JoshUA.

Haha! Erwischt! Du sagst nur, dass dir etwas gefällt, wenn du denkst, dass es von Joshua stammt. Und wenn du denkst, ich hätte etwas gemacht, kannst du es nicht ausstehen. Eine Stimme in meinem Kopf freut sich diebisch über Scarletts Blamage.

»Nein, ich habe nicht gesagt, wer den Cartoon gezeichnet hat«, sagt Joshua freundlich. »Nur, dass er wahrscheinlich aufs Cover der nächsten Ausgabe kommt, weil er von allen Ideen, die wir hatten, die beste ist.«

Hörst du das, Scarlett? Die beste von allen Ideen, die wir hatten. In Anführungszeichen. So, da hast du es!

»Wer also die beste Idee hat, darf aufs Cover?«, sagt Scarlett.

»Ja, zweifelsohne«, sagt Joshua.

Zweifelsohne, Scarlett. Ich bin zweifelsohne die Beste. Finde dich damit ab, füge ich in Gedanken hinzu.

»Dann sollte ich dir unbedingt einige meiner Cartoons mailen, dann kannst du schauen, was du von ihnen hältst«, beschließt Scarlett.

Ha – Augenblick mal, was? Neiiin! Das reicht! Belassen wir es doch einfach dabei, dass ich die Beste bin.

»*Super*«, sagt Joshua.

»*Nein!*«, rufe ich versehentlich und ernte verwunderte Blicke von den beiden. »Äh, ich meine, ihr wisst schon, da gibt es ein Komitee für solche Beschlüsse, und die müssen einstimmig sein und alles. Sonst wäre es allen anderen gegenüber unfair.«

»Das stimmt«, sagt Joshua, »aber wenn du sie mir mailst, kann ich sie ausdrucken und den anderen zeigen. Dann können wir alle gemeinsam darüber entscheiden.«

»Oh, klar, ja. *Das* ist eine prima Idee.« Jetzt bin ich es, die lügt.

»Was ist los?«, fragt Scarlett selbstgefällig. »Hast du Angst vor ein bisschen Konkurrenz?«

»Nun, wenn ich welche sehe, lasse ich es dich wissen«, antworte ich nicht minder selbstgefällig.

PATSCH! Nimm das. Du fiese, identitätsraubende Cartoonistenhexe. Zum ersten Mal scheint Joshua die Spannungen zwischen mir und Scarlett zu bemerken. Er schaut fragend zwischen uns hin und her.

»Oh, Josh«, sagt Scarlett. »Stell dir vor, ich kenne den Kerl, dem der Comicshop in eurer Stadt gehört.«

»Du kennst Big Dave?«, fragt Joshua überrascht.

»Also, seinen Namen kenne ich nicht«, räumt Scarlett ein, »aber er ist ein Freund meiner Cousine. Soll ich mal schauen, ob ihr euren Comic dort verkaufen könntet?« Wie bitte?

»Wow!« Joshua lässt beinahe seine Schale mit Zwiebelringen fallen, aber ich kann sie zum Glück rechtzeitig festhalten. »Das wäre ja großartig. Bist du ... sicher?«

Ha, als ob sie ihn wirklich kennen würde oder genug Einfluss für so was hätte.

»Klaro!«, ruft Scarlett begeistert. »Ich müsste ihn erst mal fragen, aber ich bin sicher, dass er einverstanden sein wird.«

»Das wäre echt klasse.« Joshua ist so aus dem Häuschen, dass ihm fast die Worte fehlen.

Als wir uns endlich von Scarlett verabschiedet haben, kann Joshua von nichts anderem mehr reden als davon, wie cool es wäre, unseren Comic in einem echten Comicshop zu verkaufen. Er hat keinen blassen Schimmer, dass Scarlett schamlos versucht, uns zu bestechen und sich mit noch mehr Lügen einen Platz in unserem Comic zu sichern.

Aber als ich das höflich anmerke, meint er nur, ich hätte eine ungesunde Einstellung zum Comic. Und das von einem Jungen, der sich gerade frittierte Zwiebelringe gekauft hat.

Vergesst alles, was ich bisher gesagt habe. *Das* ist jetzt wirklich das Allerletzte.

14. kapitel

Dad geht die Haustür öffnen und Mum ruft die Treppe hoch: »Kinder! Zeigt euch bitte von eurer besten Seite!« Tante Joan kommt uns besuchen. Es ist das erste Mal seit dem Riesenkrach zwischen ihr und Mum, nach dem sie aus dem Haus gestürmt ist. Ich wusste, dass sie wiederkommen würde.

»Joan!«, ruft Dad freudig. »Wie schön, dich zu sehen! Du hast das Idealgewicht für deine Größe. Du siehst blendend und kerngesund aus und so, als hättest du ganz bestimmt den richtigen Body Mass Index.«

»Danke«, sagt Joan skeptisch.

Sie haben das Sonntagsessen sorgfältig geplant. Es gibt Brathuhn. Selbst Tammy ist gekommen (zugegebenermaßen auch wegen der Waschmaschine). Das ist von all unseren Sparmenüs mein Lieblingsessen. Billiges Gemüse und billiges Gebratenes schmecken genauso gut wie normal teures Gemüse und normal teures Gebratenes. Ich verstehe nicht, warum wir das nicht zu jeder Mahlzeit haben können.

»Joan!«, höre ich Tammy von unten rufen. »Du unterschreibst doch meine Petition, ja?«

»Aber natürlich, liebste Tammy«, erwidert meine Tante.

»Worum geht es denn?« Klar, erst unterschreiben, dann Fragen stellen.

»Kiiinder!«, ruft Dad die Treppe hoch.

Jetzt muss ich also runtergehen und so tun, als wäre alles in Ordnung und als wäre gestern nicht meine ganze Welt in sich zusammengestürzt. Immerhin ist meine Familie eine hervorragende Ablenkung von meinem Kummer. Sie ist eine hervorragende Ablenkung von so ziemlich allem.

Ryan muss man seinen Astronautenhelm noch mit Gewalt wegnehmen, und während Dad das Essen aufträgt, erzählt Tammy Tante Joan von dem Hund, den sie immer noch zu retten versucht.

»Mach es einfach, würde ich sagen«, meint Tante Joan. »Wenn man will, dass etwas passiert, dann muss man es in die Tat umsetzen. Wünschen allein hat noch nie geholfen.«

»Nun, eigentlich –«, fängt Mum an, dann hält sie inne. Sie ist offensichtlich nicht ganz mit der Richtung einverstanden, die das Gespräch nimmt, möchte aber nicht schon wieder einen Streit vom Zaun brechen.

»Meinst du?«, fragt Tammy Tante Joan. Mir fällt auf, dass sie die Tatsache völlig übergangen hat, dass der Hund nach seiner Rettung nicht bei *ihr*, sondern bei *uns* einziehen soll.

»Unbedingt«, antwortet Joan vergnügt. »Ich sage immer: Mach es einfach.«

»Klingt wie ein Werbeslogan«, bemerke ich. Dad kichert.

»Ich sollte ihn verkaufen«, witzelt meine Tante und ich lache.

Dann fragt Ryan: »Tante Joan, hast du echt Bigfoot gesehen?«

»Ja«, sagt Joan. »Das war faszinierend.«

Joan erzählt uns, wie sie vor ein paar Jahren eine Reise in das Umatilla-Indianerreservat in Oregon unternommen hat,

wo sie und ein paar andere ganz sicher glaubten, Sasquatsh gesehen zu haben (was anscheinend ein anderer Name von Bigfoot ist).

Ich liebe die Geschichten, die meine Tante erzählt. Auch wenn es für diese laut Dad »nicht den Hauch eines Beweises« gibt, denn die Fotos sind unterbelichtet und körnig. Aber meine Tante bleibt dabei, dass sie genau weiß, was sie gesehen hat. Ich hoffe, dass ich eines Tages in der Welt herumreisen und auch erstaunliche Dinge sehen werde.

Auf jeden Fall werten meine Eltern unser Sonntagsessen als Riesenerfolg (hauptsächlich, weil niemand schreit, weint oder rausstürmt. Ryans leises Gejammer wegen der fehlenden Schokolade ignorieren sie). Wir klopfen uns also alle selbst auf die Schultern und ich darf hochgehen und mit meinen Hausaufgaben weitermachen.

Ich soll für unser Artenschutzprojekt im Internet Blumen recherchieren. Ich möchte unbedingt Natalies Wohlwollen erhalten, das ich die Woche über mit unserer Arbeit an Bienen und Insekten errungen habe. Sie hat komplett vergessen, dass ich es nicht geschafft hatte, alles durchzulesen.

Doch als ich wieder allein bin, kann ich leider nur daran denken, wie sehr ich mich über Scarlett aufrege und ärgere. Ich kann nicht fassen, dass sie einfach mitten in meine Welt spaziert ist und rücksichtslos alles kaputt trampelt. Ich fühle mich so machtlos.

Ich hasse sie. Und ich bin sehr enttäuscht von Joshua. Wie kann er sich so vereinnahmen lassen? Sie braucht ihm nur etwas zu versprechen, auf das er scharf ist, und *bumm!* – schon hat sie ihn in die Tasche gesteckt.

Scarlett darf nicht für den Comic schreiben, er ist mein Heiligtum. Das ist wie in dem ersten *Indiana Jones*-Film, als die Nazis versuchen, die Bundeslade in die Finger zu bekommen. Oder so ähnlich. Nur dass der Comic uns nicht umbringt, wenn wir ihn anschauen.

Cartoons sind meine Sache. Meine. Sie sind das Einzige, womit ich andere dazu bringen kann, mich zu mögen. (Außer Nat, die mich sowieso mag – wenn ich sie nicht gerade ärgere.) Sie sind das Einzige, das gegen meine Traurigkeit hilft, wenn jemand gemein zu mir ist, denn ich kann dann einen Cartoon über denjenigen zeichnen. Dadurch fühle ich mich unbesiegbar. Sozusagen.

Und hallo? Ich bin eindeutig eine gute Cartoonistin. Genau darum ist unser Comic ja so ein Erfolg. Deswegen wollte das Team meine Bilder auf dem Cover haben, auf zwei Ausgaben hintereinander, was 100 % aller Ausgaben sind.

Ich schreibe bei Tanyas Quiz mit. Ich helfe Joshua und Lewis beim Ideen-Brainstorming. Ich helfe dabei, Sachen besser zu machen, und mir fallen ständig eigene witzige Ideen ein. Ich bin urkomisch. Wir brauchen niemanden, der sich mit seinen albernen Ideen dazwischendrängt und alles durcheinanderbringt. Vor allem nicht jemanden, der mich hasst.

Ich weiß, dass ich vielleicht unreif klinge, weil ich keine weiteren Cartoonisten dabeihaben möchte. Jeden anderen würde ich freudig aufnehmen, aber Scarlett ist so eine grässliche Person. Und sie war fies und gemein zu mir. Und sie ist eine Diebin und eine notorische Lügnerin. Nennt mich ruhig pingelig. Ich nenne es: Prinzipien haben.

Die anderen werden sie auf keinen Fall mit dabeihaben wollen. Tanya hasst Snobs. Und Lewis hasst Diebe. Ich brauche mir keine Sorgen zu machen. Aber nur um ganz sicherzugehen, sollte ich gleich noch ein paar Cartoons zeichnen. Dann sieht man sofort, dass wir niemanden mehr benötigen.

Okay, ich weiß, dass ich Blumen recherchieren soll, damit Natalie nicht sauer auf mich ist, aber ich kann das ja vorher schnell erledigen.

Mit großem Arbeitseifer sehe ich mir das Arbeitsblatt an und tippe Begriffe bei Google ein. Ich finde einige Webseiten über die Probleme mit der Umweltverschmutzung, über Bienen und Bestäubung. Das sieht alles wichtig aus und ich setze Lesezeichen.

Ich finde noch ein paar ähnliche Webseiten und dann eine, auf der es besonders um seltene Blumenarten geht. Die Schrift ist so klein, dass ich nicht alles lesen kann, außerdem juckt es mich in den Fingern, endlich Cartoons zu zeichnen. Also schließe ich den Laptop an den Drucker an und drucke einfach alles aus, was ich gefunden habe, um es Natalie in der Schule zu zeigen. Bis dahin werde ich auch Zeit haben, alles zu überfliegen. Als Ausdruck liest es sich wahrscheinlich leichter.

Als das erledigt ist, mache ich mich vergnügt daran, noch mehr Schafe zu zeichnen. Und ich sollte mir noch einmal so etwas Tolles wie den Wespen-Bienen-Cartoon ausdenken. Der hat den anderen super gefallen.

Ryan klopft bei mir an die Tür und sagt, dass er mit mir Piraten-Lego spielen möchte, aber ich habe zu viel zu tun. Ich fühle mich mies, als ich ihm das sage und er enttäuscht ist. »Ich zeichne gerade Cartoons, Ryan, und das können wir nicht zusammen machen, denn das interessiert dich nicht.«

»Tut es doch«, sagt Ryan trotzig.

»Echt?«, frage ich skeptisch. Ich habe jetzt keine Zeit für so was.

»Ja«, sagt Ryan. »Zeig es mir.«

Da habe ich einen Einfall. »Okay, komm her.« Ich zeichne auf einen anderen Block einen Luftballon. »Siehst du, wie flach er wirkt?« Ryan nickt. »Du kannst ihn dreidimensional wirken lassen, wenn du das hier draufzeichnest.« Und ich füge ein gebogenes »Fensterchen« hinzu, das den Luftballon rund aussehen lässt und so, als ob er Licht reflektieren würde.

»Cool«, sagt Ryan.

»Okay, du kannst das dort drüben üben, wenn du magst. Aber ich muss hier weitermachen.«

Ryan nickt folgsam, setzt sich mit überkreuzten Beinen auf mein Bett und zeichnet Luftballons. Puh, das war ja ein Kinderspiel.

Zuerst zeichne ich Mr Denton als Schaf. Er unterrichtet Sport, also lasse ich ihn einen Basketball halten. Er trägt einen Pulli mit dem Etikett »Echte Schurwolle«. In die Sprechblase schreibe ich: »Warum schaut ihr so belämmert? Wir spielen nicht Wolleball, sondern Basketball.«

Dann zeichne ich eine Serie von Schafen in ungewöhnlichen Situationen, zum Beispiel beim Anstehen in der Schulmensa, wo sie um mehr Gemüsebeilage bitten. Ich versehe die Zeichnungen mit Untertiteln und nenne die Serie: »Dinge, die niemals passieren werden.«

Ich bin völlig vertieft und bemerke gar nicht, wie die Zeit vergeht. Verflixt, es ist später, als ich dachte. Ryan ist schon seit einiger Zeit mucksmäuschenstill.

»Kinder?«, ruft Dad zu uns rauf. »Macht ihr euch schon zum Schlafengehen fertig?«

»Ja!«, rufe ich zurück. Das ist keine Lüge, denn Dad verwendet lieber das Wort Geflunker. Und ich wollte sowieso gerade anfangen, mich fürs Bett fertig zu machen.

»Hey, Jess, schau mal«, sagt Ryan.

»Na, dann zeig mal her.« Ich setze mich zu ihm aufs Bett, um mir das Ergebnis seiner Luftballonübungen anzusehen, und er hat tatsächlich viele Ballons gezeichnet, aber das ist es nicht, was er mir zeigen will.

Auf einem neuen Blatt steht in seiner Kinderhandschrift:

»Petizjon übers Essen.« Darunter hat er ein paar Spalten eingezeichnet, offensichtlich ohne irgendein Lineal, so wellig, wie die Striche geworden sind. Und darunter hat er seinen Namen geschrieben, gefolgt von einem Gekritzel, das er wohl für seine Unterschrift hält.

Es ist zugleich das Albernste und Niedlichste, was ich je gesehen habe, und ich muss mich beherrschen, um nicht loszulachen, denn ich bin von seiner Initiative und von seinem Einfallsreichtum aufrichtig beeindruckt, egal wie töricht und letztlich aussichtslos seine Petizjon sein mag.

Offensichtlich war das Xylofon-Debakel der Tropfen, der für Ryan das Fass zum Überlaufen gebracht hat, und jetzt haut er mal richtig auf den Tisch.

»Schielende Maßnahmen«, erklärt er.

Was für Dinger? Warte mal, solche Sachen sagt Tammy immer, wenn sie sich über eine ihrer Petitionen auslässt. »Meinst du gezielte Maßnahmen?«, frage ich ihn. (Die Sache übersteigt sein Auffassungsvermögen.)

»Ja, gezielte Maßnahmen.« Ryan nickt, als hätte er das mehr oder weniger gesagt und ich würde nur Haarspalterei betreiben. »Tammy hat gesagt, man soll seine Meinung aufschreiben, und Tante Joan hat gesagt, man soll es einfach machen, also mache ich es. Jetzt müssen sie uns wieder Schokolade kaufen«, fügt er ernst hinzu.

»Ich glaube nicht, dass das so funktioniert, Ryan«, sage ich.

»Oh doch, Tammy hat es gesagt«, behauptete er fest. »Du musst unterschreiben.«

»Okay, Ryan«, sage ich, nehme ihm den Block ab und lehne ihn an meine Oberschenkel. »Damit die Petition offizieller wirkt, füge ich einen Satz hinzu. Und zwar: ›Wir, die Unterzeichnenden, erklären hiermit, dass die Familienpolitik, nur Billigmarken zu kaufen, als Ausnahme den Einkauf von richtiger Schokolade zulassen sollte.‹ Und darunter schreibe ich: ›Wie ihr seht, sind die Hälfte der Haushaltsmitglieder mit der aktuellen Politik absolut nicht einverstanden und fordern eine ÄNDERUNG.‹«

»Ja!« Ryan strahlt und nickt, als hätte er genau das auch so vorschlagen wollen.

Ich hoffe, dass meine Eltern verstehen werden, was zu der Radikalisierung ihres sechsjährigen Sohns geführt hat: eine Kombination aus Schokoladenentzug und dem Einfluss von Tammy und Tante Joan.

15. kapitel

Was hat zwei Daumen und jede Menge tolle Cartoons in ihrer Schultasche? Die hier. (Ihr könnt mich nicht sehen, aber ich zeige jetzt gerade auf mich selbst, mit beiden Daumen. Kapiert? Ich glaube, dieser Witz wird mir nie langweilig werden.)

Ich platze fast vor Aufregung, weil ich das Comic-Meeting in der Mittagspause kaum erwarten kann. Ich brenne förmlich darauf, Joshua und den anderen meine neuen Arbeiten zu zeigen.

Darüber regt sich Natalie vor Stundenbeginn ein bisschen auf, denn sie wollte mit mir in der Mittagspause am Projekt arbeiten, doch ich sage zu ihr (und der doofen, aufrührerischen Amelia), dass ich nach dem Meeting noch Zeit dafür habe.

»Oje«, sagt Amelia überheblich. »Ärger im Paradies?«

»Wohl kaum«, gebe ich zurück. »Ich habe schließlich genug Zeit für alles.«

»Gut, gut«, schwindelt Amelia. »Habt ihr schon Post von euren Experten bekommen?«

Einige aus unserer Klasse (wie Cherry und Shantair, die *natürlich* die Experten von der offiziellen Liste angeschrieben haben), haben schon Antwortbriefe bekommen mit allen möglichen nützlich aussehenden Broschüren und Informationen für ihr Projekt.

»Ja, ich habe tatsächlich eine Antwort bekommen«, sagt Natalie glücklich. »Ich wollte sie dir in der Mittagspause zeigen, Jess. Es ist toll, was sie uns alles geschickt hat.«

»Oh, super!«, freue ich mich. Ich hoffe, dass es keinen blöden Eindruck macht, dass ich noch gar keine Antwort bekommen habe.

»Und du?«, fragt Natalie Amelia.

»Nein.« Amelia lächelt. »Aber wir haben jemand ganz Besonderes um Hilfe gebeten, darum erwarte ich nicht so schnell eine Antwort.«

»Wen denn?«, frage ich unbeeindruckt.

Amelia lächelt affektiert. »Das darf ich nicht verraten.«

Ich rufe beinahe: »Wen interessiert das schon, Amelia?«, kann mich aber beherrschen. Ehrlich! Und überhaupt wird Natalie das alles vergessen und dann sehr beeindruckt sein, wenn sie das ganze Zeug sieht, das ich aus dem Internet über Blumen ausgedruckt habe.

»Okay, gibt es was Neues?«, fragt Tanya, als wir in der Mittagspause auf den gemütlichen Sitzen vor der Bibliothek hocken.

»Also, ich habe was Neues«, meldet sich Joshua zu Wort. Ich auch, Joshua, denke ich. Ich auch.

»Ich auch.« Ich schaffe es, recht normal zu klingen.

»Jessica und ich haben da ein Mädchen getroffen, das für

unseren Comic Cartoons zeichnen möchte«, sagt Joshua. »Jess hat mich darauf hingewiesen, dass das nur geht, wenn wir alle dafür sind.«

»Und ob«, unterbricht ihn Tanya und nickt anerkennend in meine Richtung.

»Ich habe ihre Bilder hier.« Joshua holt ein paar Blätter aus seiner Tasche.

»Oh, hey«, rufe ich dazwischen, »kann ich erst meine neuen Sachen zeigen? Dauert nur eine Sekunde.«

»Nur zu, Jess.« Joshua lässt mir mit einer höflichen Geste den Vortritt, also zeige ich meine neuen Cartoons herum.

Joshua lacht über meinen Mr Denton. (Er hat mich ja auch dazu inspiriert, als er mir über das Basketballtraining erzählt hat.) Ich liebe es, Joshua zum Lachen zu bringen. Keine Ahnung, wieso. Auch den anderen gefallen meine Comics und alle kichern vor sich hin.

»Die sind genial«, meint Joshua lächelnd.
»Volltreffer, Toons, wie immer«, sagt Tanya.
»Ja, die sind echt klasse«, stimmt Lewis zu.

»Oh, prima, ich freue mich, dass sie euch gefallen.« Ich versuche, gelassen zu klingen. »Das waren nur so ein paar Ideen, die ich gestern Abend schnell skizziert habe. Und ich habe noch viel mehr davon. Wartet mal – meint ihr nicht …? Ist nur so ein Gedanke, aber jetzt, wo wir diese ganzen Sachen haben, ist im Comic gar kein Platz mehr für noch jemanden.« Oh ja, sehr raffiniert.

Joshua wirft mir einen irritierten Blick zu. »Okay, also«, sagt er, während er ein Blatt mit ein paar Mäusezeichnungen herumreicht. »Das sind die Cartoons, die diese Scarlett gezeichnet hat, um zu sehen, ob sie uns gefallen. Was meint ihr?«

Wir schauen uns alle die Mäuse an. Ich bin nicht besonders beeindruckt. Klar, es könnte schon sein, dass ich nicht vorurteilsfrei bin, weil ich Scarlett so entsetzlich hasse. Aber ich finde die Zeichnungen ehrlich gesagt langweilig.

Es sind einfach nur Mäuse mit verschiedenen Slogans oder Sprechblasen. Da ist beispielsweise eine Maus, die sagt: »Schule ist doof.« (Scarlett & Co. finden so was wahrscheinlich megacool.) Aber unser Comic soll nicht cool sein, sondern witzig. Und soweit ich es beurteilen kann, ist dieser Cartoon nur eine Meinungsäußerung ohne irgendeinen Gag. Völlig hohl.

»Ich mag sie nicht«, sage ich geradeheraus, in der Hoffnung, dass die anderen mir zustimmen werden.

»Tja.« Lewis sieht sich die Bilder noch mal an. »Ich finde auch nicht, dass sie besonders gut sind.«

»Ich mag sie irgendwie«, sagt Tanya, »aber ich muss sie nicht unbedingt haben.«

»Sie sind schon *okay*«, räumt Lewis ein, »aber nicht wirklich genial.«

»Drei von drei möglichen Stimmen dagegen. Ach du je, das wäre dann einstimmig«, stelle ich fest.

»Wartet mal, also mir gefallen sie«, erwidert Joshua. Es überrascht mich, wie sehr seine Worte mich verletzen. Es kommt mir ein bisschen lächerlich vor, dass ich mir wünsche, Joshua würde nur meine Cartoons mögen und nicht die meiner Feinde, aber trotzdem. Autsch.

»Ja, aber du bist überstimmt«, informiere ich ihn etwas schrill.

»Du bist nicht die Herausgeberin des Comics, Jessica.« Joshua klingt verärgert.

»Du auch nicht«, gebe ich zurück.

»Genau, das bin nämlich ich«, scherzt Tanya. »Nur Spaß. Um die Stimmung aufzulockern. Macht das unter euch aus, wir haben zu arbeiten.«

»Dann soll Jessica sich nicht so aufführen, als würde ihr alles gehören, was mit *Höll*fern zu tun hat«, meint Joshua bissig.

»Ha! Das musst ausgerechnet du sagen!«, entgegne ich. »Tatsache ist doch, dass ich eine Menge für diesen Comic tue. Mehr als jeder von euch!«

»Jetzt mach aber mal halblang, Toons«, sagt Tanya mit warnendem Unterton. »Am Ende wirst du wirklich noch komplett größenwahnsinnig.«

»Tut mir leid«, sage ich, beruhige mich und komme mir ein wenig lächerlich vor.

»Ich finde nur, dass es schön wäre, jemandem eine Chance zu geben«, sagt Joshua rundheraus.

Sicher wäre es schön, wenn derjenige eine Chance *verdient* hätte, möchte ich anmerken, lasse es aber. Ich merke, dass der Streit schon zu sehr ausgeufert ist.

»Es erzeugt zu viel Unruhe«, sagt Tanya. »Toons, denk mal gründlich über dich nach. Joshua, tut mir leid, deine neue Freundin kann beim Comic nicht mitmachen.«

»Sie ist nicht seine Freundin!«, stoße ich hervor. Oder? Und warum kümmert mich das überhaupt? Das tut es nicht. Es kümmert mich kein bisschen. Oh, verflixt. Joshua sagt nichts. Er runzelt nur die Stirn und sieht zu Boden.

»Weißt du was, Joshy«, sagt Tanya. »Wir werden uns ihre Zeichnungen noch mal ansehen, wenn es um die nächste Ausgabe geht. Die aktuelle Ausgabe ist so gut wie fertig und geht bald in Druck. Wir wollen unser Erfolgsrezept nicht aufs Spiel setzen.«

»In Ordnung«, murmelt Joshua.

»Also, können wir uns auf einen Preis einigen? 20 Pence für die nächste Ausgabe?« Tanya treibt das Geschäft flott voran.

Ich hasse die Art, wie Joshua mich weiterhin ansieht. So, als würde er denken, ich sei richtig gemein und hätte einem unschuldigen Mädchen die Chance verbaut, in unserem Comic groß rauszukommen. Ich fange sogar wirklich an, Gewissensbisse zu haben. Ich muss mich an all die Gemeinheiten erinnern, die Scarlett zu mir gesagt hat.

Vielleicht hätte ich ihnen erzählen sollen, wie fies sie ist und wie sie versucht, mich auszuschließen und zu schikanieren. Und dass sie notorisch lügt und bei *Boots* eine Seife geklaut hat. Und doch bin ich froh, dass ich ihnen nichts über die Seife erzählen musste, denn ich habe mal gehört, wie Tanya abfällig über jemanden gesagt hat: »Was für eine olle Petze.« Aber trotzdem!

Joshua hat allerdings nichts davon erwähnt, den Comic in einem Comicshop zu verkaufen, deswegen denke ich, dass Scarlett es nicht geschafft hat, ihr Versprechen zu halten. Und das beweist wieder einmal, dass sie lügt und dass ich nichts falsch gemacht habe.

»Danke, dass du einen Teil deiner Mittagspause opferst, um diese Unterlagen durchzusehen«, sagt Natalie im Klassenzimmer, als ich ihr den Stapel Internetausdrucke über Blumen gebe. Sie reicht mir ihren Stapel mit Broschüren und Literatur von Diana Wood, einem Mitglied des Artenschutzkomitees (was auch immer das sein mag.)

»Mach ich doch gern«, antworte ich und ziehe meinen Stuhl näher an ihren Tisch. »Die Sachen sehen großartig aus, genau wie du gesagt hast.«

»Ich weiß«, sagt Nat völlig ernst. Ich dachte, sie würde sich mehr über mein Kompliment freuen. »Es ist prima, dass wir Fortschritte machen.« Sie beginnt, meine Ausdrucke durchzusehen. »Wir müssen etwas aus dem Hut zaubern, wenn wir gut abschneiden wollen, weißt du. Amelia hat mir endlich verraten, wer ihre *besonderen* Experten sind.«

»Wer? Lass mich raten. Die Queen?«, witzle ich.

Natalie giggelt. »Nein, das Team von *Cool For Cats*.«

»*Was?*« Ich kann meinen Hohn nicht verbergen. »In anderen Worten, sie gehört zu den Leuten, die *nie* eine Antwort bekommen werden«, sage ich. Diese Idioten. Im Gegensatz zu mir. Ich werde bestimmt eine Antwort bekommen. Bestimmt.

»Nein, sie hat es total gut hinbekommen.« Natalie senkt die Stimme, obwohl wir im Klassenzimmer allein sind. »Erinnerst du dich an ihre Cousine Scarlett?« Och nö, die schon wieder.

»Lieber nicht«, antworte ich.

Nat kichert wieder. »Also, sie kennt die irgendwie.« War ja so klar! Sie kennt jede Berühmtheit, wenn es ihr in den Kram passt.

»Lass mich raten. Der Freund irgendeines Vetters?«, frage ich trocken.

»Etwas in der Art. Jedenfalls hat sie Amelias Brief mitgenommen und wird ihn direkt abgeben. Amelia und Cassy werden dadurch so ein geniales Projekt abliefern können.« Natalie sieht wehmütig drein.

Ich fühle mich irgendwie angespannt, denn ich frage mich, ob Nat sich wünscht, sie hätte sich doch mit Amelia zusammengetan, um diesen Coup zu landen. Dann erinnere ich mich daran, dass es gar nicht klappen wird, da Scarlett eine notorische Lügnerin ist, und ich entspanne mich wieder. Seltsamerweise tut mir Amelia sogar ein bisschen leid.

»Hey, weißt du was, Nat? Vielleicht solltest du Amelia raten, sicherheitshalber doch auch noch einige andere Experten anzuschreiben.«

»Wieso?«

»Ich traue Scarlett einfach nicht, ich halte sie echt für eine Lügnerin.«

»Wirklich?«

»Ja, weißt du … erst hat sie behauptet, ihr Gürtel wäre von Prada, dann sagte sie, er sei von Gucci. Sie hat gesagt, sie sei Vegetarierin, dann haben Joshua und ich gesehen, wie sie einen Hotdog gegessen hat. Ich finde, Amelia sollte einfach auf Nummer sicher gehen.« Nat seufzt leise. »Was ist denn?«, frage ich.

»Jess, hast du das wirklich gelesen?«, fragt sie müde und hält mir ein Blatt hin.

»Na klar«, sage ich abwehrend. »Also, das meiste jedenfalls. Wieso?«

»Weil du keine Informationen über Wildblumen ausgedruckt hast, sondern Infos über eine Band, die *Die Wildblumen* heißt.« Ich starre sie an. »Also nichts über richtige Blumen.«

»Was? Zeig mal.« Ich nehme Natalie das Blatt ab und schaue es mir genau an. Oh nein, sie hat recht. Jetzt, wo ich darüber

nachdenke, kam es mir sowieso vor, als ob die Pflanzenschützer ein bisschen wie Gruftis aussahen. Das erklärt es. Oh neiiiiiiin.

»Tut mir wirklich leid«, fange ich an.

»Okay, ich habe diesen Teil nicht gelesen. Aber alles andere. Weißt du, das ganze Zeug über die Nahrungskette und die Bienen –«

»Das kommt nur daher, dass du dich nicht richtig konzentriert hast, stimmt's? Weil du die ganzen doofen Schafe für deinen doofen Comic gezeichnet hast, hab ich recht?«, unterbricht Natalie mich verärgert.

»Was? Nun, äh …«, stammle ich, weil ich nicht weiß, was ich sagen soll. Sie hat voll ins Schwarze getroffen.

»*Oh, sieh mal, Nat, ich habe ein paar geniale Schafe gezeichnet, sehen sie nicht toll aus?*«, imitiert sie mich von heute früh. Sie kriegt es sehr treffend hin. »Ich wusste doch, dass du nicht so viele Schafe zeichnen und trotzdem alles andere schaffen kannst.«

»Jetzt warte mal –«

»Dir ist dein kindischer Comic wichtiger als ich und dieses Projekt. Hast du gedacht, das würde ich nicht merken? Bist du so dämlich?«

»Ich bin nicht dämlich«, sage ich verletzt.

»Es ist dir wirklich zu Kopf gestiegen, weißt du. Du bist besessen davon, wie viele Leute deine Zeichnungen mögen.«

Das ist nicht wahr! Na ja, irgendwie schon. Vielleicht ist es ein bisschen wahr. Aber selbst wenn es wahr wäre, verstehe ich nicht, warum Nat mir nicht gönnt, dass ich mich über den Erfolg meiner Cartoons freue. Jeder würde sich darüber freuen.

Sie und Amelia waren im letzten Halbjahr so gemein zu mir, dass mir nichts anderes übrig blieb, als mir ein neues Betätigungsfeld zu suchen. Es ist ganz natürlich, dass ich meine Zeit lieber mit Menschen verbringe, die mich mögen, als mit solchen, die mich nicht leiden können. Das ist kein Verbrechen.

»Es ist wirklich fantastisch«, sagt Natalie sarkastisch. »Amelia wird dank Scarlett das beste Projekt aller Zeiten abliefern und du sabotierst unsere Bemühungen von innen heraus.«

Mit diesen Worten reißt mir Natalie den Papierstapel aus der Hand, wirft sich die Tasche über die Schulter, lässt mich einfach stehen und stürmt aus dem Klassenzimmer.

Der Rest des Tages vergeht wie eine verwaschene Wolke aus Ärger. Erst ignoriert Natalie mich ewig, aber als wir zum Bus gehen, redet sie wieder das Nötigste mit mir.

Ich habe ein schlechtes Gewissen, weil ich nicht härter am Projekt gearbeitet habe, aber ich bin auch sehr verletzt, dass sie mich »dämlich« genannt hat. Solche Sachen sagt sonst Amelia, nicht Natalie.

Ich meine, klar, ich bin keine Einserschülerin, aber ich bin schlau. Das steht in meinen Zeugnissen. Ich sei schlau, würde aber nicht immer Gebrauch davon machen. Hmmm.

Ich bin nicht dumm. Denn ich kenne sogar Wörter wie »opportunistisch«.

Nach dem Essen sitze ich schmollend in meinem Zimmer und weiß nicht, was ich tun soll. Dann habe ich eine erstklassige Idee, wie ich Natalie zeigen kann, dass mir mein Fehler leidtut. Eine superclevere Idee. Ich werde eine Entschuldigungskarte entwerfen, die mich megaschlau wirken lässt.

Ich nehme eine Karte und falte sie in der Mitte. Auf die Vorderseite zeichne ich einen Delfin (Natalie liebt Delfine). Es ist der beste Delfin, den ich je gezeichnet habe. Ich gebe mir große Mühe, ihn perfekt aussehen zu lassen, und füge mehr Details ein als sonst. Oben drüber lasse ich Platz für einen Spruch. Mit meinen Filzstiften male ich das Wasser hellblau an und den Delfin grau.

Dann lasse ich mir von Google »Es tut mir leid« ins Lateinische übersetzen (das ist die Krönung meines Plans). Jeder weiß, dass man sehr schlau sein muss, um Latein zu können. Oder reich. Oder ein Musikinstrument lernen. Auf jeden Fall ist es beeindruckend.

»Es tut mir leid« heißt auf Lateinisch »Me paenitet«. Das liest sich so ähnlich wie »penitent«, was »reumütig« bedeutet. Vielleicht hat Dad recht, wenn er behauptet, dass die Sprachen alle irgendwie sinnvoll miteinander zusammenhängen.

Also, wieder an die Arbeit. Ich benutze ein Synonymwörterbuch im Internet, um mich gewählter auszudrücken, damit meine Entschuldigung sich richtig intellektuell anhört. Auf die Innenseite der Karte schreibe ich dann:

> Geschätzte Natalie, ich bin aufrichtig zerknirscht, weil ich dich so echauffiert habe. Ich hoffe, du kannst mir Absolution erteilen, damit wir wieder Vertraute sind und das Artenschutzprojekt zu einem virtuosen Finale führen können. Mit ungeheuchelten, ungekünstelten, rechtschaffenen, unerschütterlichen und überwältigenden Grüßen, deine hochwohlgeborene Jessica.

Wunderbar! Na, magst du mich jetzt? Wer ist jetzt doof? Genau. Ich nicht, so viel ist klar. Ich kenne richtig gebildete Wörter. Zieht euch warm an, Feinde. Ha! Ich hab's voll drauf.

Endlich ist die Karte fertig. Als ich schlafen gehe, ist mir viel wohler. Ich hoffe, dass diese geniale Idee besser funktioniert, als es bei meiner *geheimen* genialen Idee bis jetzt den Anschein hat.

16. kapitel

Der Dienstag fängt wirklich gut an. Und das ist auch das einzig Gute, was ich über diesen Tag zu sagen habe.

Bevor wir morgens in der Klasse aufgerufen werden, gebe ich Natalie die Karte und sie gefällt ihr sehr.

»Ach Gott, das wäre doch nicht nötig gewesen!«, ruft sie und umarmt mich. »Das ist der tollste Delfin, den ich je gesehen habe. Wow, Jess! Das ist total genial!« Sie sieht die Karte genauer an. »Aber was soll das heißen?«

»Ach, das?«, versuche ich, die Coole zu spielen. »Das, äh, ist nur etwas Lateinisches, das ich zufälligerweise weiß. Es bedeutet, dass es mir leidtut, auf Lateinisch. Tja, weißt du, ich hab's drauf. Alles Mögliche. Jedes Team kann sich freuen, mich dabeizuhaben ...« Ich verstumme allmählich.

Wenn ich es genau bedenke, habe ich mich viel zu weit vorgewagt. Subtil geht anders.

Natalie sieht mich fragend an und öffnet die Karte. »Was zum ...? Jess? Du bist aufrichtig zerknirscht?« Sie kichert. »Ich weiß nicht, was es bedeutet, aber ich erteile dir gern Absolution, und ich möchte auch, dass unser Projekt virtuos wird.«

Sie umarmt mich noch einmal. »Oh Jess!«, sagt sie und drückt mich wie verrückt. »Es tut mir so leid. Übrigens denke ich nicht, dass du dämlich bist. Ich habe es nie gedacht und werde es auch nie denken.« Schließlich lässt sie mich los. »Und es tut mir wirklich leid, wenn du diesen Eindruck hattest. Du brauchst mir nicht zu beweisen, dass du klug bist.«

»Ich weiß gar nicht, wovon du redest«, sage ich ausweichend. »Ich dachte bloß, wenn ich schon ein bisschen Latein kann, dann nutze ich es. Keine große Sache.«

Natalie kichert. »Ach ja?«

»Ach ja!«, sage ich. »Ich weiß ja, dass du denkst, ich hätte das Projekt nicht so ernst genommen wie du. Ich weiß, wie wichtig dir gute Noten sind. Ich werde ab jetzt härter daran arbeiten.«

»Tut mir leid, dass ich deswegen immer wieder Stress mache«, sagt Nat. »Ich möchte doch auch, dass wir dabei Spaß haben. Ich glaube, wir kriegen das schon hin.«

»Ich *weiß* es«, sage ich. Allerdings runzle ich nachdenklich die Stirn, als ich sehe, dass andere schon wieder Antwortschreiben von ihren Artenschutz-Experten erhalten haben. Und wo bleibt unseres?

Rückwirkend betrachtet, hätte der Tag an der Stelle einfach aufhören können und alles wäre gut gewesen. Ich meine, wer kam auf die Idee, dass man an Schulen Unterricht halten muss? Abwegig!

Der Fairness halber sollte ich sagen, dass die Doppelstunden Kunst und Englisch am Dienstagmorgen völlig in Ordnung waren.

Aber mir gefiel nicht, dass Joshua sagte, er hätte für den Comic etwas Wichtiges anzukündigen. Er weigerte sich, vor dem Meeting in der Mittagspause etwas zu verraten. Doch während der restlichen Stunde in Kunst hatte ich Spaß mit Megan, Emily und Fatimah. (Fatimahs fünfjähriger Cousin aus Manchester hat tatsächlich eine Hüpfburg im Garten – was für ein Glückspilz. Manchmal wünsche ich, ich könnte auch wieder fünf Jahre alt sein und in einer Hüpfburg hüpfen. Dann müsste ich mich nicht mit diesem ganzen Unsinn abplagen.)

Als wir uns in der Mittagspause um die gemütlichen Sitze vor der Bibliothek versammeln, ist mir ein bisschen schlecht. Tanya und Lewis wirken völlig aufgekratzt und scharf auf die Neuigkeit, aber ich habe eine üble Vorahnung.

»Man hat uns angeboten, unseren Comic im Comicshop zu verkaufen!«, verkündet Joshua.

»*Ja!*« Lewis stößt mit der Faust in die Luft.

»Knorke«, sagt Tanya so gelassen, als hätte sie schon mit so etwas gerechnet. (Ich muss unbedingt daran denken, dieses Wort zu googeln. Aber es klingt, als wäre etwas toll und cool.)

»Aha, also das, äh, das ist wirklich wahr, ja?«, antworte ich düster. »Es gibt keinen Haken an der Sache, oder?«, frage ich und weiß schon, was Joshua gleich sagen wird. Hoffentlich irre ich mich.

»Na ja, da ist noch eine Sache«, sagt Joshua.

»Wir müssen doch nicht etwa Werbung reinnehmen?«, sagt Tanya.

»Nein, das nicht«, sagt Joshua. »Die Sache ist die. Scarlett – das Mädchen, das seine Cartoons im Comic veröffentlichen will – hat das mit Big Dave's Comicshop ausgehandelt. Sie tut uns einen Gefallen, also tun wir ihr auch einen.«

»Ach so«, sagt Tanya. »Wir nehmen sie im Comic auf und dafür nimmt der Comicshop uns auf? Ein Handel sozusagen?«
»Ja«, sagt Joshua. »Und sie möchte aufs Cover.«
Neiiin! Diese gerissene kleine ... Das ist *unerhört*. Und sie hat ihren Platz auf dem Cover nicht mal ehrenhaft *gewonnen*. Sie hat ihn mit Bestechung bekommen. *Also, echt hey!*
»Ich würde sagen, das machen wir«, sagt Lewis. »Wollen wir abstimmen?« *Neiiin!*
»So, jetzt hört mal«, höre ich mich sagen. »Ich wollte es nicht erwähnen, aber ich glaube, dass man mit Scarlett nur Ärger hat.«
»Ach wirklich?« Joshua verschränkt skeptisch die Arme. »Das hat nicht zufälligerweise etwas damit zu tun, dass du immer aufs Cover möchtest?«
»Nun –« Jetzt hat er mich auf dem falschen Fuß erwischt. »Ich finde, dass mein Bienen-Cartoon sich auf dem Cover besser machen würde, aber das wollte ich damit nicht –«
»Darum geht es nicht, Toons«, sagt Tanya.
»Aber sie ist einfach furchtbar«, platze ich heraus.
»Wirklich?«, erkundigt sich Tanya. »Das hattest du bisher nie erwähnt.«
»Tanya, sie ist Amelias Cousine«, sage ich.
»Ohhh.«
»Man kann jemanden nicht danach beurteilen, wessen Cousine er ist«, sagt Joshua. Ich ärgere mich, weil es vernünftig klingt, wenn man es so formuliert.
»Nein, hört mal, ich meinte es anders«, ringe ich mit den richtigen Worten. »Sie ist wirklich fies zu mir gewesen. Außerdem glaube ich, dass sie lügt. Ich glaube nicht, dass wir ihr trauen können. Ich wäre mir nicht mal so sicher, dass das mit

dem Laden wirklich klappen wird. Ich glaube, sie sagt so etwas einfach, um zu kriegen, was sie will. Sind wir, davon abgesehen, überhaupt schon bereit zu verkaufen? Wir wollten doch zuerst eine Leserschaft an der Schule aufbauen.«

»Wir waren vom ersten Tag an bereit«, meint Tanya geistreich.

»Okay, aber seht euch mal die Beweise an. Auf dieser Pyjama-Party hat sie behauptet, sie sei Vegetarierin, dann haben Joshua und ich sie einen Hotdog essen sehen. Sie sagte, ihr Gürtel sein von Prada, und dann war er plötzlich von Gucci.« (Hmmm, könnte es sein, dass die Beweislage etwas dünn ist?) »Und wisst ihr, was passiert ist, als wir zusammen in *Boots* waren? Da habe ich beobachtet, wie sie ein Stück Seife gestohlen hat!«

»Ach du Schande«, sagt Joshua. »Jetzt wird mir klar, was los ist.« (Endlich! Danke.) »Du bist auf Scarlett eifersüchtig!«

WAS?

»*Was?*«, sage ich. »Nein! Wenn überhaupt, dann ist sie eifersüchtig auf *mich*!«

»Ach ja, und warum hören wir dann erst jetzt über den Seifendiebstahl?«, fragt Joshua. »Warum hast du das nicht früher erwähnt?«

Ich fühle mich, als würde ich in einen tiefen Brunnen stürzen, darum fällt mir keine schlagfertige Erwiderung ein.

»Das ist so –«, setze ich an.

»Ist ja ziemlich praktisch, dass Scarlett plötzlich als Diebin dasteht«, fährt Joshua fort. »Du machst es mir nicht leicht, dir zu glauben.«

»Aha, also bin *ich* jetzt die Lügnerin!«, fahre ich ihn an. »Na klar, wieso nicht. Wenn es die Sache für dich einfacher macht, bitte sehr!«

»Beruhige dich, Toons«, sagt Tanya.

»*Nein!*«, gebe ich wütend zurück. (Ich fühle mich, als würde ich neben mir stehen. Habe ich gerade das furchteinflößendste Mädchen der Schule angeschrien? Kann nicht sein.)

»Jess –«, versucht Joshua mich zu beruhigen.

»Nein!«, unterbreche ich ihn. »Jetzt hört doch mal zu. Ich mag dieses Mädchen nicht, und ich lasse nicht zu, dass sie aufs Cover kommt, bloß weil sie euch Idioten bestochen hat und –«

»Wen nennt du einen Idioten?«, fragt Tanya warnend, aber ich beachte sie nicht.

»Ich mache unglaublich viel für diesen Comic!«, kreische ich. »Ohne mich gäbe es ihn überhaupt nicht. Also hört auf mich.«

»Okay, jetzt ist es amtlich«, sagt Tanya ruhig zu den anderen. »Toons ist völlig unerträglich geworden.«

»Jap«, stimmt Joshua mit überraschtem Blick zu. »Du bist schrecklich arrogant geworden, Jessica. Diese Seite von dir kannte ich noch gar nicht.«

»Wenn ihr Scarletts Cartoons in den Comic aufnehmt, dann bin ich draußen.« Ich kann nicht glauben, dass ich ihnen damit drohe.

»Dadurch wirkst du jetzt nicht weniger arrogant, Jess«, sagt Lewis. »Außerdem«, fügt er hinzu, »verstehe ich nicht, warum du denkst, dass wir noch nicht so weit wären. Du bist doch sonst diejenige, die die Welt im Sturm erobern will.«

Ja, ich will die Welt im Sturm erobern, denke ich verärgert. Aber Scarlett *lügt*. Warum glauben sie mir das nicht?

»Ich meine es ernst, Jungs«, sage ich verzweifelt, stehe auf und greife nach meiner Tasche. »Wenn ich nicht gewesen wäre, Tanya, dürftest du beim Comic nicht mal mitmachen.«

»Toons, ich halte dich für eine gute Freundin, aber du musst mal ein ernstes Wort mit dir selbst reden«, sagt Tanya ohne Umschweife.

»Ach ja, klar«, sage ich sarkastisch. »Dir geht es anscheinend nur noch ums Geschäft, nicht mehr um die Freundschaft!« (Notiz an mich selbst: Hör auf, das furchteinflößendste Mädchen der Schule anzukreischen!)

»Führ dich nicht so auf, Jessica«, beschwört mich Lewis.

»Weißt du, wir lassen uns von dir nicht erpressen, Jess«, sagt Joshua. »Wir tragen alle eine Menge zu diesem Comic bei. Es stimmt nicht, dass es ohne dich *nichts* wäre.«

»Na gut. Ich gehe dann also, ja?«

»Das liegt ganz bei dir. Aber wir hören nicht auf, demokratisch zu entscheiden, nur weil du einen Eifersuchtsanfall hattest«, sagt er. *Hammerhart!*

Nicht weinen, nicht weinen!, befehle ich mir selbst. Ich muss hier raus. Ich mache nicht mal meine Tasche zu, sondern renne einfach weg, das Ding irgendwie umständlich unter den Arm geklemmt. Es ist kein eleganter Abgang, aber ich habe schlimmere Probleme.

Ich schaffe es bis in eine Toilettenkabine, bevor ich vor Wut und Enttäuschung zu heulen anfange. Wie konnte das passieren, dass ich mich wieder weinend auf dem Klo einschließen muss? Wie ist das möglich? Nach einer Weile lässt das Schluchzen nach, und ich versuche, mich zu beruhigen.

Wie hat Scarlett es nur fertiggebracht, den wundervollen Cartooncomic für mich zu zerstören, der mir so viel bedeutet hat. Ich war ein Teil davon. Ich dachte, damit gäbe es für mich keine Grenzen mehr. Wisst ihr was? Sie ist es nicht wert, sage ich schniefend zu mir selbst.

Aber irgendwie hat sie es in den Comic geschafft. Obwohl sie es nicht verdient hat. Bei dem Gedanken fange ich beinahe wieder zu heulen an. *Nein.* Ich muss über den Dingen stehen. Irgendwie. Irgendwann. Ich schnäuze mich und wasche mir das Gesicht.

Vielleicht hat Natalie recht und der Comic steigt mir allmählich zu Kopf. Nun, im Gegensatz zu Scarlett bin ich nicht darauf angewiesen, dass Leute über meine Cartoons lachen, damit ich mit mir selbst im Reinen bin. Scarlett hat nur oberflächliche Freunde. Aber ich habe echte Freunde, so wie Natalie, die mich um meiner selbst willen liebt. Ich warte noch ein paar Minuten, bis mein Gesicht wieder normal aussieht, und gehe dann ins Klassenzimmer zurück.

»Hey, Jess«, sagt Nat glücklich. Juhu! Jemand freut sich, mich zu sehen!

»Ich muss mal mit dir reden«, sagt Amelia.

»Hey!« Ich lächle Natalie an. Ich habe vergessen, dass meine Tasche noch offen ist, und als ich sie auf meinen Tisch hieve, fällt sie um und der Inhalt verstreut sich. Natalie und Amelia helfen mir, alles wieder einzusammeln. Es sind überwiegend Blätter. Amelia lässt sich kurz von einigen der Sachen ablenken, dann fällt ihr wieder ein, dass sie sauer auf mich ist.

»Natalie hat mir gesagt, dass du nicht glaubst, das Team von *Cool For Cats* würde uns antworten«, sagt sie.

»Ja, und?«

»Wie kannst du es wagen, meine Cousine Scarlett als Lügnerin zu bezeichnen«, sagt sie. »Meine Cousine ist wunderbar und du schuldest ihr eine Entschuldigung.«

HA! *Wunderbar*. Selbst wenn Scarlett sich auf der Stelle bei *mir* entschuldigen würde, würde sich dadurch nichts ändern. »Erst wenn die Hölle zufriert«, sage ich ihr. »Deine Cousine Scarlett ist eine der schlimmsten Personen, die ich je kennengelernt habe. Außerdem wollte ich dir einen Gefallen tun, aber was soll's.«

»*Oh*?« Amelia ist aufgebracht. »Du hast *mir* einen Gefallen getan, ja? Du hältst Aufrichtigkeit für schrecklich wichtig, ja? Wie wäre es, wenn ich dir auch einen Gefallen tue, was meinst du? Soll ich dir helfen, nicht mehr so heuchlerisch zu sein?«

»Wovon redest du?«, frage ich verwirrt.

Plötzlich hält Amelia Nat ein Blatt unter die Nase. »Ich rede davon, Jessica. Zeigen wir Natalie doch diesen Brief, der dir gerade aus der Tasche gefallen ist, hmmm? Vielleicht kannst du uns erklären, was es damit auf sich hat.«

»Was zur –?«, fängt Nat an. Ich schaue auf das Blatt. Es ist der Brief, den ich an einen der offiziellen Artenschutz-Experten geschrieben und dann nie eingeworfen habe, weil ich stattdessen eine geheime geniale Idee hatte, die eine Überraschung werden sollte.

»Du hast den Brief nicht aufgegeben?«, ruft Nat mit hoher Stimme. »Und wann wolltest du mir das bitte verraten?« Sie klingt verletzt. »Wir warten also die ganze Zeit auf eine Antwort, die niemals kommen wird?«

»Es ist nicht so, wie du denkst«, sage ich. Aber mir fehlt im Moment irgendwie die Energie für diese Angelegenheit. »Schau, Nat, ich hatte einen entsetzlichen Tag. Ich kann genau erklären, was –«

»Hast du dem Kerl dann einen anderen Brief geschrieben? War der nur zum Üben?«, unterbricht mich Nat.

»Ähm, nein, aber –«

»Damit ist der Fall klar«, sagt Amelia selbstgefällig.

»Gar nichts ist klar. Du weißt überhaupt nichts über den Fall«, fahre ich sie erbost an.

»Ich wusste, dass das passieren würde«, sagt Nat. (Dass *was* passieren würde?) »Du bist nachlässig und machst haufenweise Fehler, weil du wegen deinem Comic auf einem Egotrip bist, der dich von allem anderen ablenkt.«

»Tja, darüber brauchst du dir jetzt keine Gedanken mehr zu machen«, murmle ich.

»Ja, du hast recht, ich sollte einfach aufgeben und mich mit der Sechs abfinden, oder?«, meint Nat sarkastisch.

»Nein, hör mal, Nat, ich habe eine geheime Überraschung geplant.« Ich werde es ihr erzählen müssen und hoffen, dass dann alles gut wird.

»Was für eine geheime Überraschung?«

»Okay, ich wollte dir erst davon erzählen, wenn ... okay. Ich *habe* einen Brief geschrieben.«

»Oh nein.« Bei Nat scheint der Groschen zu fallen. »An wen?«

»An Horace King, den Wildvogeltypen«, sage ich.

Mit einer dramatischen, aber sarkastisch gemeinten Geste fasst Natalie sich ins Gesicht.

Ich rede trotzdem weiter. »Ich habe mir überlegt, dass keiner sonst an ihn schreiben wird, darum haben wir gute Chancen, von ihm eine Antwort zu bekommen.« (Obendrein wollte ich Dad damit eine Freude machen.) »Ich habe es dir nicht gesagt, weil es eine Überraschung werden sollte, wenn plötzlich der coole Brief kommt.« (Außerdem dachte ich, dass du vielleicht so reagierten würdest. Das sage ich aber nicht.) »Und dann … uh … Überraschung!«, ende ich niedergeschlagen.

»Und hat er geantwortet?«, fragt Amelia gemein.

»Noch nicht«, antworte ich trotzig.

»Oh, Jessica«, sagt Nat traurig. »Er wird niemals zurückschreiben. Was hast du dir nur dabei gedacht? Du hast unser Projekt zerstört.«

»Du hast mich ja überhaupt nichts mitentscheiden lassen«, feuere ich spontan zurück.« (Wo kommt das denn her?) »Alles muss nach deinem Kopf gehen. Wir haben das ganze Projekt so durchgezogen, wie es dir gepasst hat. Ich kann dir nicht mal etwas erzählen, ohne dass du sauer wirst. Und was ist mit meinen Wünschen?«

Mit einem Mal sieht Nat wirklich wütend aus. »Hätte ich das doch nur nicht mit dir zusammen gemacht!« Und sie stürmt aus dem Klassenzimmer. Zum zweiten Mal in zwei Tagen.

»Gern geschehen«, meint Amelia lächelnd.

Erstaunlicherweise breche ich nicht in Tränen aus.

17. kapitel

Ich will nicht behaupten, dass ich den schlimmsten Dienstag aller Zeiten erlebe, aber … Augenblick mal, doch! Haargenau das behaupte ich. Haargenau das. Schlimmster Dienstag ALLER ZEITEN. Es ist amtlich. Ich hasse alles und jeden.

Während ich auf dem Heimweg herumtrödle, kicke ich wütend Steine vor mir her. Es ist so frustrierend, weil ich nicht das Gefühl habe, etwas falsch gemacht zu haben, darum weiß ich auch nicht, was ich ändern muss, damit alles wieder in Ordnung kommt.

Normalerweise habe ich wenigstens einen Plan. Diesmal habe ich nichts. Ich meine, okay, ich habe den Brief an den offiziellen Experten nicht abgeschickt, aber ich hatte einen guten Grund dafür. Ich bin trotzdem genial. Selbst Genies machen Fehler. Genau genommen hat Natalie Glück, dass ich so genial bin und meine Fehler zugeben kann. *Ohhhh.*

Stimmt es am Ende, dass ich unerträglich arrogant geworden bin? Habe ich in der Scarlett-Cartoon-Sache überreagiert? Wenn ich nicht so egozentrisch wäre, hätte ich ihr großmütig den Platz auf dem Cover überlassen können und wäre immer noch im Comic drin gewesen … *ohhhhh.* Nein, es geht ums Prinzip. Sie ist böse. Das werden die anderen schon noch merken.

Ich wünschte, ich hätte eine Zeitmaschine. Dann könnte ich in die Vergangenheit reisen und den Brief einwerfen. Und ich würde nicht zu Amelias Pyjama-Party gehen und Scarlett nie begegnen. Wie lange wird es wohl dauern, bis Zeitreisen möglich werden? Ich bezweifle, dass es schnell genug passiert, um mir noch zu helfen.

»Hier ist deine kapitalistische Wäsche«, sagt Mum und reicht Tammy einen Stapel ordentlich gefaltete Wäsche. »Dein Mädchen für alles hat sie für dich fertig gemacht.«

»Und der Mann für alles hat einen Blumenkohlauflauf gemacht«, meldet sich Dad zu Wort und stellt eine dampfende Schüssel auf den Tisch.

»Und der Junge für alles hat den Tisch gedeckt«, ergänzt Ryan und nimmt Platz.

Ich finde wirklich, wir sollten den Spitznamen »Mädchen für alles« ausmerzen und nicht noch auf den Rest der Familie ausweiten. Ich setze mich. Wenn ihn allerdings jeder verwendet, dann verliert er vielleicht seine Bedeutung und Mum muss sich einen neuen Namen für sich selbst ausdenken.

Ich meine, wenn Mum sich nur probehalber als Mädchen für alles bezeichnet, ist das okay. Das ist ihre Sache, vorausgesetzt, sie merkt, wie nervig das ist, und lässt es bleiben. Aber ich denke immer noch, dass sie damit nach Anerkennung heischt.

»Das sieht wirklich gut aus, Bert«, sagt meine Tante in einer seltenen Anwandlung, Dad loben zu wollen, und setzt sich ebenfalls an den Tisch.

Nachdem alle Teller gefüllt sind, räuspert sich Ryan, vielleicht etwas zu dramatisch. »Ich möchte etwas verkünden«, sagt er.

»Lass dein Essen nicht kalt werden«, sagt Dad.

Ryan ignorierte die Bemerkung, zieht ein Blatt Papier aus der Tasche und faltet es auseinander, damit alle es sehen können. »Das ist sehr ernst«, sagt er. »Mummy, bitte nimm es und lies es laut vor«, weist er sie großspurig an.

Neugierig beginnt Mum zu lesen. »Petizjon?« Sie hebt wegen der Rechtschreibung eine Augenbraue. »Wir, die Unterzeichnenden ... was soll das, Ryan?«

»Es ist eine Petition«, sagt Ryan. »Du musst sie sofort lesen, Mummy.«

Gehorsam beginnt Mum zu lesen. »Wir, die Unterzeichnenden, erklären hiermit, dass die Familienpolitik, nur Billigmarken zu kaufen, als Ausnahme den Einkauf von richtiger Schokolade zulassen sollte. Wie ihr seht, sind die Hälfte der Haushaltsmitglieder mit der aktuellen Politik nicht einverstanden und fordern eine ÄNDERUNG.«

Tante Joan und Tammy wechseln einen Blick und versuchen, nicht zu lachen. Mum reicht das Blatt an Dad weiter. Ryan sieht sie erwartungsvoll an. »Ich unternehme gezielte Maßnahmen. Ich *mache* es einfach, so wie Tante Joan«, erklärt er.

»Und wie in der Werbung«, muss ich unbedingt hinzufügen.

»Das bezeichnen wir Antikapitalisten als ›auf Kinder zugeschnittene Werbung‹, damit sie Markenbewusstsein entwickeln und ihre Eltern darum anbetteln«, sagt Tammy selbstgefällig. »Bei Süßigkeiten nennt man es Quengelware. Wer hätte gedacht, dass der Schuss mal so nach hinten losgehen würde.«

Für Tammy ist es bestimmt nicht einfach, ihre ganzen Kampagnen am Laufen zu halten und trotzdem die Waschmaschine benutzen zu dürfen, darum kann sie sich so eine Bemerkung nicht verkneifen.

»Können wir jetzt bitte Schokolade kaufen?«, fragt Ryan.

»Nun, Ryan.« Dad findet als Erster seine Stimme wieder. »Deine Mutter und ich werden unsere Familienpolitik überdenken und dann darauf zurückkommen. Was hältst du davon?«

»Ein Politiker hätte es nicht besser formulieren können«, bemerkt Tammy.

»Was bedeutet das?«, fragt Ryan.

»Dass sie es sich überlegen werden«, sage ich.

»*Neiiin*, jetzt!«, quengelt Ryan, merkt dann aber doch, dass er auf verlorenem Posten kämpft, und macht sich über seinen Teller her.

Ich hocke schmollend in meinem Zimmer, als Ryan später reinkommt und mit mir wieder Piraten-Lego spielen möchte. Ich könnte nicht weniger dazu aufgelegt sein, aber da ich ihn letztes Mal enttäuscht habe, sage ich diesmal Ja und hocke mich auf den Boden, während er alles holen geht.

Wir spielen eine Fortsetzung der Geschichte von neulich, in der der Erste Offizier Clyde gekidnappt wurde. Aber jetzt gibt sich ein Hochstapler als Clyde aus, unterwandert die Piratenbande und bringt alles durcheinander.

Die Geschichte fängt an, mich sehr zu interessieren. »Was wird passieren, Ryan?«, frage ich aufgeregter, als mir bewusst ist.

»Es wird einen Hinterhalt geben, und dann feuern wir diese Kanonen ab und –«

»Nein, ich meine mit Clyde und dem Hochstapler. Gibt es ein Happy End?«

»Oh.« Ryan zuckt die Schultern. »Ich glaube, ja.«

»Was passiert also?«, frage ich viel zu eifrig, wie mir sofort klar wird. Wie kann er mit dem Leben dieser Lego-Piraten so gefühllos umgehen?

»Also gut. Der Hochstapler Calzo verrät sich«, erklärt Ryan. »Aber nicht sofort. Er ist ganz schlecht darin, sich zu verstellen, und darum fliegt er auf. Zuerst müssen wir ihn in einen Hinterhalt locken.«

»Ich liebe dich, Ryan«, platze ich heraus, weil diese Lego-Piratengeschichte Musik in meinen Ohren ist und ich meinen Gefühlen nicht anders Luft machen kann.

Im Ernst, wenn man bedenkt, dass Ryan sich die meiste Zeit wie ein hyperaktiver Hooligan aufführt, sind diese Momente stiller Weisheit umso beeindruckender.

»Ja, schon gut«, sagt Ryan abwehrend, als würde sich das von selbst verstehen.

Wir spielen mit den Lego-Piraten, und ich bin ganz begeistert, als Calzo schließlich über die Planke geschickt wird. Ha! Au ja, nimm das, Scarlett/Calzo, denke ich.

Ich bin aber wirklich nicht durchgedreht. Es ist nur so beruhigend, wenn in einer Geschichte der Bösewicht seine gerechte Strafe erhält (und von Lego-Haien gefressen wird), nachdem einem selbst etwas Ähnliches passiert ist (auch wenn es dabei nicht um Lego-Piraten geht, sondern um Cartoons).

Und schon ist mir wohler zumute. Es ist, als hätte ich eine bessere Sicht auf die Dinge. Sollen sie doch alle

Scarlett in diesen Shop folgen. Soll sie doch weitermachen. Sie wird sich selbst verraten und früher oder später versehentlich all ihre Lügen auffliegen lassen. Sie ist nicht mal eine besonders gute Lügnerin. Gib ihr eine Schaufel, damit sie sich selbst eine Grube gräbt. Für mich wird alles gut werden.

Als Ryan geht, um sich fürs Bett fertig zu machen, und ich nicht mehr von der Piraten-Rachestory abgelenkt bin, wird mir klar, dass ich wegen Natalie trotzdem immer noch aufgebracht bin. Und ich fürchte, dass Ryan für dieses Problem keinerlei Lösungen parat haben wird. Hmmm, seufze ich.

Ich setze mich an meinen Schreibtisch und sehe alles durch, was wir bis jetzt gearbeitet haben. Es macht mich traurig, die ganzen Blätter anzuschauen, die wir den richtigen Pflanzen zugeordnet haben, und all die anderen Sachen, die uns so gut gelungen sind. Wie konnte es so weit kommen?

Schließlich komme ich in dem Buch zu dem Kapitel über Wildtiere mit einem Foto von einem Dachs. Aus irgendeinem Grund gefällt mir dieser Dachs. Er sieht ziemlich niedlich aus und doch irgendwie ernst. Ich beginne, das Kapitel zu lesen.

Wow, Dachse sind ja richtig cool. Vielleicht nicht gerade *knorke*, aber ziemlich wehrhaft. Wenn sie ihre Jungen beschützen, können Dachse Tiere abwehren, die viel größer sind als sie selbst, wie zum Beispiel Wölfe oder Bären. Und sie können für kurze Zeit Geschwindigkeiten von fast dreißig Stundenkilometern erreichen. Das ist wirklich irre schnell.

Die Dachsjagd war viele Jahre lang ein Streitthema. Die Dachse wurden in das Tierschutzgesetz von 1935 aufgenommen, und 1992 wurde ein Gesetz zum Schutz der Dachse erlassen, aber in dem Buch steht, dass sich das wieder ändern könnte. Ich kann nicht fassen, dass jemand diesen kleinen Geschöpfen etwas antun möchte. Ich wünsche mir, es würde immer Gesetze zu ihrem Schutz geben.

Ich sehe mir das Foto noch mal an. Der Dachs schaut in die Kamera. Das klingt vielleicht seltsam, aber es kommt mir vor, als würde er mich direkt ansehen. Ich beginne, eine Art Verbindung mit ihm zu fühlen. Auch auf mich hat jemand zum Spaß Jagd gemacht – erst Amelia und dann Scarlett, wenn auch nicht ganz so entschlossen. (Ob ich doch den Verstand verloren habe?)

Bis jetzt haben wir für das Projekt noch keine Bilder gemalt, da Natalie strikt dagegen ist. Aber ich könnte diesen Dachs zeichnen. Ich meine, wir werden i*rgendwelche* Bilder brauchen. Ich weiß, dass ich den Ruf habe, mich in etwas hineinzusteigern und zu viel zu zeichnen, bevor wir mit der eigentlichen Arbeit fertig sind (oder in meinem Fall überhaupt damit angefangen haben). Aber diesmal haben wir ganz schön viel gearbeitet.

Außerdem redet Natalie nicht mit mir, darum kann ich sie sowieso nicht nach ihrer Meinung fragen. Ohhh. Sie hat gesagt, sie wünschte, sie hätte das Projekt nicht mit mir zusammen gemacht. Wisst ihr was? Ich wünschte, ich hätte es nicht mit *ihr* zusammen gemacht. Ich hatte andere Angebote (zugegeben, die kamen von Leuten, mit denen ich mich inzwischen ebenfalls verkracht habe). *Hmmm.* Womöglich bin *ich* das Problem.

Nein. Es liegt nicht an mir. Ich bin nett und genial und meine es nur gut. Wenn andere das nicht sehen können, dann ist es ihr Problem. Plötzlich bin ich wütend und fühle mich total im Recht. Wenn ich mir vorstelle, wie Natalie mir aus irgendeinem Grund verbietet, den Dachs zu zeichnen, dann spornt mich das erst recht an.

Und wisst ihr noch was? Natalie hat sich so aufgeregt, weil sie unbedingt etwas aus dem Hut zaubern wollte, um mit Amelia konkurrieren zu können, einen tollen Geniestreich. Tja, ich werde das hier so richtig toll machen. Au ja. Ich werde einen übertrieben großen Dachs zeichnen. Damit zeige ich es ihr!

Ich öffne meinen neuen riesigen Block. Er ist so groß wie der, auf dem ich letztes Halbjahr das überdimensionale Osterhütchen gezeichnet habe. Ich sitze da und sehe mir den Dachs noch etwas länger an, nehme jedes Detail in mich auf. Und dann beginne ich zu zeichnen.

Eine Stunde später wird mir klar, dass es länger dauern wird, als ich erwartet habe, denn ich möchte den Dachs so sorgfältig zeichnen, dass ich allein für die Bleistiftumrisse echt lange brauche. Das Bild soll mega werden. Heute Abend kriege ich es nicht mehr fertig. Mir tut schon die Hand weh. Ich werde es morgen fertig zeichnen müssen.

Aber als ich mich zurücklehne und mein Werk betrachte, bin ich hochzufrieden. Es ist mir noch nie gelungen, etwas so lebensecht hinzubekommen. Ich möchte es nicht verderben, indem ich mich beeile. Es soll so großartig wie möglich werden.

Dann dämmert mir, dass diese Zeichnung kein Versuch mehr ist, mich an Natalie zu rächen. Das war es am Anfang. Da hat die Wut mich angetrieben, aber inzwischen ist es mir um des Bildes willen wichtig, dass es mir möglichst gut gelingt.

Ich weiß nicht mal mehr genau, was mir die ganze Zeit dabei durch den Kopf ging. Aber jetzt, wo ich halb fertig bin, fühle ich mich viel ruhiger, zufriedener und ausgeglichener. Ich fühle mich leichter. Als wäre mir ein Stein vom Herzen gefallen. Vielleicht bin ich gar nicht verrückt. Das Zeichnen bewirkt, dass ich mich so fühle.

Ich bin so froh, dass Zeichnen meine geheime Superkraft ist. Und die kann Scarlett mir nie wegnehmen. Vielleicht wird es Zeit, dass ich mich beruhige und aufhöre überzureagieren. *Vielleicht.*

18. kapitel

Der Mittwoch vergeht mehr oder weniger ohne besondere Vorkommnisse. Natalie ignoriert mich und ich hänge in den Pausen mit Cherry und Shantair ab. Ich meide alle, die mit dem Comic zu tun haben, und sie meiden mich. Das denke ich jedenfalls. Ich meine, ich halte nicht nach ihnen Ausschau, darum kann ich es nicht mit Sicherheit wissen.

Ich komme allerdings nicht umhin zu bemerken, dass es wenig hilfreich ist, nicht miteinander zu sprechen, wenn man gemeinsam ein Projekt fertigstellen muss. Also beschließe ich zu ignorieren, dass Natalie mich ignoriert. Ich gehe am Ende der Mittagspause zu ihr und frage sie, wie wir die restlichen Kapitel in unserem Projektbuch aufteilen wollen (und auch, wie wir an der Präsentation arbeiten werden, wenn wir nicht mal miteinander sprechen).

Sie sieht mich mit einem genervten Blick an und sagt: »Mach doch, was du willst. Das tust du ja sowieso.« Was im Grunde noch weniger hilfreich ist.

Aber wenigstens habe ich einiges an Ärger zu kanalisieren, als ich nach dem Schachclub heimkomme und meinen Dachs fertig zeichne. Er sieht jetzt umwerfend aus. Ich glaube, das könnte das beste Bild sein, das ich je gezeichnet habe.

Ich frage mich sogar, ob das am Ende nicht doch ein wertvoller Beitrag zum Projekt ist. Ein Teil von mir denkt, dass ich damit (und weil es mir so gut gelungen ist) vielleicht helfe, den Schaden wiedergutzumachen, den ich angerichtet habe. Vielleicht wird Natalie sogar ein klein wenig beeindruckt sein. Ich fühle mich besser, weil ich etwas geleistet habe und das Projekt dann doch nicht so ein völliger Reinfall wird.

Als ich am Donnerstag die Schule betrete, bin ich noch nervöser, denn ich weiß, dass heute die zweite Ausgabe des Comics erscheint. Ich nehme an, dass gestern Abend alle zu Lewis gegangen sind, um beim Falten der Ausdrucke zu helfen. Wenn es sich vermeiden lässt, möchte ich diese Ausgabe meines Ex-Comics nicht zu sehen bekommen.

Vor Stundenbeginn kommt Natalie zu meinem Tisch. »Es, oh …«, sagt sie, »es tut mir leid, dass ich dich gestern ignoriert habe und dass ich neulich so gemein zu dir war. Ich glaube, ich habe überreagiert.«

»Wirklich?«, frage ich überrascht. Ich dachte, sie würde mir nie verzeihen. Ich meine, die Beweislage deutet immer noch darauf hin, dass ich unser Projekt zerstört habe, als ich Horace King anschrieb. Aber ich schätze, sie war auch recht schroff zu mir.

»Um mich richtig bei dir zu entschuldigen, habe ich dir ein paar Dinosaurierkekse gebacken«, sagt Natalie und zeigt mir eine kleine Tupperdose.

»Ich liebe Dinosaurierkekse«, antworte ich gerührt.

»Freunde?«, fragt Nat.

»Okay.« Wir lächeln beide verlegen.

»Gott sei Dank.« Nat hockt sich auf meinen Tisch und fängt an zu brabbeln. »Es tut mir so leid, Jess. Ich habe mich wie ein totales Ungeheuer aufgeführt. Ich bin wirklich froh, dass wir das Projekt zusammen machen, und es war blöd von mir, etwas anderes zu behaupten. Ich habe es nicht so gemeint.«

»Nein, *mir* tut es echt leid«, sage ich. »Du hattest recht, ich bin wegen dem Comic unausstehlich geworden. Ich war total davon besessen und ich hätte öfter das Projekt vorziehen sollen. Aber jetzt habe ich viele Bücher gelesen. Und ich habe jede Menge Ideen für die Präsentation.« Dann spiele ich meinen Trumpf aus. »Und ich habe ein geniales Bild von einem Dachs gezeichnet. Möchtest du heute Abend zu uns kommen und es dir anschauen?«

»Nichts lieber als das«, sagt Nat strahlend.

»Und beim Comic bin ich sowieso nicht mehr dabei, also wird uns das nicht mehr in die Quere kommen«, füge ich hinzu.

»Äh, ja, das habe ich gehört«, sagt Nat. »Bist du okay?«

»Na klar, es ist mir egal«, schwindle ich und winke ab. »Das prallt jetzt einfach an mir ab.«

Ich glaube, Nat will gerade nachhaken und dann unweigerlich herausfinden, dass ich nur so gleichgültig tue, aber da stakst Amelia an uns vorbei und hockt sich auf ihren Tisch. Sie wirkt aufgebracht.

Nat und ich tauschen einen Blick. Ich nickte ihr zu. »Hmmm?«

Wir gehen zu Amelia rüber und Nat spricht sie freundlich an. »Ist alles in Ordnung?«

»Nicht wirklich«, sagt Amelia sauer.

»Möchtest du darüber reden?«, erkundigt sich Nat.

»Scarlett wurde gestern Abend beim Ladendiebstahl erwischt«, sagt Amelia.

»Ach du Schande!«, ruft Nat.

»Verflixt«, bemerke ich.

»Ja.« Amelia seufzt. »Und bei uns daheim sind Sachen verschwunden«, fügt sie leise hinzu. »Wie es aussieht, ist Scarlett die Einzige, die sie genommen haben kann.«

»Oh Amelia, es tut mir so leid«, sagt Natalie. »Das ist wirklich schrecklich.«

»Wirklich«, stimme ich zu. Obwohl ein Teil von mir laut rufen will: ICH HAB'S EUCH GESAGT! Die aufgeblasene Jessica, die das gemacht hätte, ist Vergangenheit, jetzt bin ich freundlich und ausgeglichen. Und vielleicht mitfühlend.

»Als Scarletts Eltern sich scheiden ließen, hat sie schon mal eine Phase gehabt, in der sie geklaut hat«, sagt Amelia müde. »Aber wir dachten alle, sie hätte damit aufgehört.«

»Das ist irgendwie traurig«, sage ich und merke, dass ich es auch so meine. Ich habe mir Scarlett nicht als jemanden vorgestellt, der unglücklich ist. Ich dachte, sie hätte schlichtweg Spaß daran, so fies und eingebildet zu sein. Dabei war es nur ein Hilfeschrei.

Auch Amelia tut mir leid, trotz der Sache mit dem Brief, bei der sie mich voll reingeritten hat. Sie liebt und bewundert ihre Cousine sehr. Es muss verheerend sein, so etwas Schreckliches über jemanden herauszufinden, den man angehimmelt hat.

Ich fände es entsetzlich, wenn meine Tante oder meine Schwester verhaftet werden würden. Obwohl – wenn ich darüber nachdenke, ist das beiden schon passiert. Aber da ging es nicht um echte Straftaten, sondern um Sachbeschädigung, die

Blockade von Abrissfahrzeugen und was weiß ich. Nicht um Diebstahl.

Nein. Ich schüttle den Kopf. Ich darf nicht zu viel Mitleid mit Amelia oder Scarlett haben. Sie können sich beide immer noch furchtbar benehmen. Aber ich bin nicht mehr so wütend auf sie.

Heute freue ich mich ausnahmsweise nicht auf die Doppelstunde Kunst. Das liegt vor allem daran, dass ich (a) mit Joshua nicht mehr gesprochen habe, seit ich Hals über Kopf aus dem Meeting gerannt bin; und dass (b) Terry, Emily, Megan und Fatimah alle eine Kopie der zweiten Ausgabe des Comics haben. Und den möchte ich immer noch nicht zu Gesicht bekommen.

Aber als ich mich an unseren Tisch setze, beschließe ich, dass ich Größe zeigen sollte. Schließlich will ich wirklich nett sein und kein eingebildetes Ungeheuer mehr. Vielleicht sollte ich versuchen, alles wiedergutzumachen.

»Alles klar?«, sagt Joshua schroff, um die Lage zu sondieren. Er setzt sich neben mich.

Die anderen lesen den Comic, zeigen auf ihre Lieblingsstellen und kichern. Sie bemerken die Spannungen zwischen uns nicht und machen darüber auch keine Bemerkungen.

»Hi«, sage ich. »Ich möchte mich dafür entschuldigen, dass ich das Meeting fluchtartig verlassen und wegen Scarletts Cartoons überreagiert habe.« Ich sage das sehr friedfertig.

»Wirklich?«, fragt Joshua sichtlich überrascht.

»Ja«, sage ich. »Mir ist zu Ohren gekommen, dass ich mich eventuell in ein ruhmsüchtiges Ungeheuer verwandelt habe, und das tut mir leid.«

»Wow«, sagt Joshua. »Du schaffst es immer wieder, mich zu überraschen.« (Ich verkneife es mir, einen Witz darüber zu machen, wie großartig ich bin, weil ich so voller Überraschungen stecke. Damit würde ich alles wieder ruinieren.) »Du bist also nicht mehr verärgert, weil Scarlett im Comic ist?«, fragt Joshua.

»Tja –«, fange ich an, aber er unterbricht mich.

»Denn ich treffe mich am Wochenende mit Scarlett. Wir gehen gemeinsam in den Comicshop und –«

»Ich denke nicht, dass ihr das tun werdet.« Diesmal bin ich es, die ihn unterbricht.

»Wie bitte?«, sagt Joshua.

»Hmmm, die Sache ist die. Ich glaube nicht, dass Scarlett kommen kann. Sie hat anscheinend sehr strengen Hausarrest bekommen. Denn sie wurde gestern Abend beim Ladendiebstahl erwischt.«

»Das ist nicht dein Ernst!«, sagt Joshua leise.

»Amelia hat das erzählt«, erkläre ich.

Joshua denkt einen Augenblick nach. »Wenn das so ist, dann schulde ich dir wohl auch eine Entschuldigung, weil ich dir nicht geglaubt habe, was du über sie gesagt hast.«

Oh ja, allerdings schuldest du mir eine Entschuldigung, denke ich. »Entschuldigung angenommen«, sage ich. Wir schütteln uns die Hände.

»Machst du beim Comic also wieder mit?«, fragt Joshua.

»Hey, Jess, ich finde das Quiz diese Woche toll!«, ruft Emily und liest vor: »Welcher Dokusoap-Star bist du?«

Sie wedelt mit dem Comic vor mir herum. Ich schaue auf und sehe, dass Scarletts Maus, die »Schule ist doof« sagt, auf dem Cover gelandet ist.

Autsch. Ich blinzle. Es tut immer noch weh. Obwohl ich wusste, dass das wahrscheinlich passieren würde. Und obwohl ich gesagt habe, dass ich über den Dingen stehe und mich nicht mehr von meinem Ego beherrschen lasse.

Es gelingt mir, ruhig zu Joshua zu sagen: »Oh, du hast sie aufs Cover genommen?«

»Ja«, sagt Joshua. »Machst du also wieder mit?«

»Ich muss darüber nachdenken.«

Emily, Megan und Fatimah unterhalten sich ausführlich darüber, wie gut ihnen mein Bienen-Cartoon gefällt (der es auf die Rückseite geschafft hat, zusammen mit den erfundenen Gerüchten über Lehrer), und das muntert mich ein bisschen auf. Aber trotzdem. Und überhaupt kann ich mein Selbstwertgefühl nicht mehr nur über den Cartoon definieren. Diese Zeiten sind vorbei.

Und was soll ich euch sagen? Natalie liebt meine Dachszeichnung. Ich wusste es doch! Wir sitzen bei mir daheim in der Küche, essen die restlichen ihrer Dinosaurierkekse und bewundern das Bild. »Das ist auf jeden Fall deine allerbeste Zeichnung bisher«, sagt sie noch einmal. »Damit hast du wiedergutgemacht, dass du einen Brief an irgendeinen verrückten alten Vogelkundler geschickt hast«, neckt sie mich und beißt in den nächsten Dino.

»*Ey!*« Ich schlage spielerisch nach ihr.

»Oh, tut mir leid, ich dachte, du könntest schon darüber

lachen. Irgendwie ist es ja witzig«, meint Nat kichernd und macht sich über den nächsten Keks her.

»Esst nicht zu viele davon«, sagt Mum, als sie in die Küche kommt. »Es gibt gleich Abendbrot. Du bleibst doch zum Essen, Natalie Schatz? Es gibt leider nichts Besonderes.« Bevor Nat antworten kann, redet Mum weiter. »Jess, hast du schon deine Post geöffnet. Sie geht sonst noch verloren.«

»Ich wusste nicht mal, dass ich Post bekommen habe«, sage ich, gehe sie aus der Diele holen und komme mit einem dicken braunen Umschlag zurück. Ich reiße ihn auf und schüttle den Inhalt auf den Küchentisch.

Es sieht nach einem Informationspäckchen aus, mit Fotos und Broschüren. Obendrauf liegt ein Begleitbrief mit einem Logo, das mir bekannt vorkommt.

Ich nehme den Brief auf. Plötzlich erkenne ich, dass auf einem der Fotos jemand eine Eule hält – und zwar kein anderer als … Horace King! »Oh mein Gott!«, rufe ich aus. Das kann nicht sein. Er hat *geantwortet*? Ich beginne den Brief zu lesen.

»Was ist denn?« Natalie springt auf und versucht, über meine Schulter mitzulesen.

»Es ist ein Brief von … Horace«, schaffe ich zu sagen.

»Nie im Leben. Er hat geantwortet? Was schreibt er denn?«

Ich lese vor. »Da steht: ›Liebe Jessica und Natalie.‹« Ich halte inne. »Das sind wir!«

»Ich weiß!«, quietscht Natalie. »Lies weiter.«

»›Ich war überaus erfreut, als ich Euren Brief über Euer Artenschutzprojekt erhalten habe.‹ Wow! Er war erfreut!«

Ich lese weiter. Horace schreibt, dass der Schutz bedrohter Tierarten ihm sehr am Herzen liegt und dass er darum begeistert ist, dass junge Menschen sich dafür interessieren. (Nun, in Wirklichkeit wurden wir von der Schule dazu gezwungen, aber das lassen wir mal beiseite.) Er schreibt, dass er sonst nur Post von Personen mittleren Alters bekommt (ich schätze, von solchen wie meinem Dad). Und weil er so überglücklich ist, dass ein paar junge Leute ihm geschrieben haben, möchte er uns gern einladen, ihn in einer von ihm geförderten Vogelaufzuchtstation zu besuchen und einige der geretteten Vögel und Tiere kennenzulernen, darunter die Schleiereule Poppy, die neulich in *Blue Peter* war. Er fragt, ob uns das bei unserem Projekt helfen würde. Ist das nicht fantastisch?

»Äh, Nat, erzähl mir doch noch mal, wie das war, als ich mit meinem Brief an diesen verrückten alten Vogeltypen unser Projekt zerstört habe«, sage ich.

»Es tut mir leid, es tut mir leid!« Nat kann es kaum fassen.

»Ich hätte nie gedacht – es tut mir leid. Ich habe mich geirrt.«

»Und ich hatte also recht?«, sage ich ihr vor. Ich amüsiere mich prächtig.

»Ja«, sagt Natalie matt.

»Dann sag es.«

»Du hattest recht.«

»Warte, sag es noch mal, damit ich es aufnehmen kann.«

»Ach, sei still«, sagt Nat lachend. »Du bist eine Wucht und ich war eine Idiotin und so weiter und so fort. Genug. Du hattest deinen Triumph. Das ist so toll, Jess!«

»Hey, ich bestimme, wann ich meinen Triumph genug ausgekostet habe«, sage ich. »Aber das ist wirklich toll!«

Nat und ich umarmen uns und springen aufgeregt auf und ab. Dad kommt in die Küche. »Was ist denn hier los?«, fragt er.

Ich reiche ihm den Brief und er liest ihn schweigend. Ich dachte echt, er würde stärker reagieren. Du meine Güte, der Mann ist der Held seiner Kindheit!

Schließlich räuspert sich Dad. »Nun, Jessica, du bist leider etwas zu jung, um allein loszuziehen und solche Sachen zu unternehmen.« Ich sehe ihn an und Enttäuschung macht sich in mir breit. »Darum werde ich dich wohl begleiten müssen.« Dann grinst er plötzlich breit und fängt beinahe auch an, auf und ab zu hüpfen. »Horace King! Ich kann es nicht fassen.«

Meine geheime geniale Idee hat tatsächlich großartig funktioniert. Bis aufs i-Tüpfelchen. Seht ihr, ich brauche den Comic nicht, um mich gut zu fühlen. Ich bin eine nette Freundin, Schwester und Tochter. Ich kann genial sein, ohne überheblich zu werden. Mehr Anerkennung brauche ich nicht. (Zugegeben, indem ich das sage, klinge ich schon wieder ein bisschen überheblich, aber trotzdem.)

19. kapitel

Der Besuch in der Vogelaufzuchtstation ist ein Riesenspaß. Nat und ich sind beide etwas nervös, als wir ankommen, da wir nicht genau wissen, was uns erwartet.

»Wir müssen mutig sein«, flüstert Nat. »Außerdem wette ich, dass niemand aus unserer Klasse je hier war.«

»Tja, die hatten halt kein kleines Genie wie mich in ihrem Team, das auf die Idee gekommen ist, an die richtigen Leute zu schreiben.«

Nat verdreht die Augen. »Du weißt, was ich meine. Und ich wette, dass die noch nie so nah an einen Star rangekommen sind.«

»Ist er denn ein Star?«, frage ich.

»Für deinen Dad schon.«

Wir warten im Foyer, bis wir die Empfangsdame sagen hören: »Deine Besucher sind da, Horace.«

Dann erscheint Horace. »Hallo, hallo, hallo!«, begrüßt er uns herzlich.

Dad läuft auf ihn zu. Er benimmt sich viel zu aufdringlich. »Es ist mir eine Ehre, Sie kennenzulernen, Sir«, sagt er. Seine übertriebene Begeisterung ist mir etwas peinlich. Und warum musste er ihn Sir nennen?

»Unsinn!« Horace schüttelt wohlwollend Dads Hand.

Ich glaube, Dad ist auch nervös, denn er sagt: »Ich bin schon ein Fan von Ihnen, seit ich sieben war.« Unnötigerweise fügt er noch hinzu: »Jetzt bin ich achtundvierzig.«

Zum Glück scheint das Horace zu amüsieren. Natalie und ich bemühen uns, nicht zu kichern.

Horace lächelt uns an. »Und ihr müsst Natalie und Jessica sein.« Wir nicken schüchtern. »Ich habe mich sehr über euren Brief gefreut.« Wir lächeln. »Wie sieht es aus? Habt ihr ein bisschen Zeit für einen verrückten alten Mann, der euch ein paar Vögel zeigen will?«

Natalie und ich müssen kichern. »Ja«, schaffe ich zu sagen.

»Bitte«, sagt Natalie.

Mit einer schwungvollen Handbewegung lädt Horace uns ein, ihm zu folgen.

Nachdem wir fünf Minuten mit Horace verbracht haben, kommen Natalie und ich zu der Erkenntnis, dass er überhaupt nicht verrückt ist, sondern sich einfach nur sehr für Vögel begeistert. Er schwärmt von diesem Thema, ist dabei richtig witzig und absolut selbstbewusst. Er scheint sein etwas exzentrisches Image mit Vergnügen zu pflegen.

Horace führt uns in der Aufzuchtstation herum und unterhält uns mit wirklich interessanten Fakten über all die verschiedenen Vogelarten. Er erzählt uns, wie sein Interesse an Vögeln erwachte, als er in unserem Alter war. Im Garten seiner Eltern lernte er, die verschiedenen Arten an ihrem Gesang und ihrem Gefieder zu unterscheiden.

Er sagt, dass Vogelgesang sich einfach anhören mag, in Wirklichkeit aber sehr kompliziert ist und eine Reihe von verschiedenen Mustern und Bedeutungen enthält. Über den Zebrafinken lernen wir, dass er innerhalb der ersten achtzehn Tage seines Lebens den Balzruf seiner Spezies hören muss, sonst kann er ihn später nicht lernen und nie ein Weibchen finden. (Was für eine fiese Strafe dafür, zur falschen Zeit am falschen Ort zu sein.) Horace lacht entzückt, als ich das erwähne.

Dann dürfen wir nach seiner Anleitung Futterhäuschen für den Garten bauen. Dad wird total albern und aufgeregt, weil das Modell fast genauso aussieht wie das Vogelhäuschen, das er als Kind gebaut hat, nachdem Horace es im Fernsehen gezeigt hatte. Also darf Dad auch eins bauen und mit nach Hause nehmen. Er strahlt übers ganze Gesicht. Echt wahr.

Zuletzt dürfen wir uns noch zusammen mit Horace und Poppy, der Schleiereule aus *Blue Peter*, fotografieren lassen. Da ist Dad schon so aufgekratzt, dass es ihm nicht mal mehr peinlich zu sein scheint, als er fragt, ob er sich auch mit Poppy und Horace fotografieren lassen kann. Er ist wie ein riesiger, vergnügter Fünfjähriger. Aber Horace willigt gut gelaunt ein.

Obwohl Dad sich unmöglich benimmt, ist es wirklich aufregend, für das Foto zu posieren. Ich fürchte mich, als man mir die Eule auf den Arm setzt, über den ich vorher einen speziellen Schutzhandschuh ziehen musste. Es ist erschreckend und aufregend zugleich. Danach rauscht das Adrenalin noch eine Ewigkeit durch meinen Körper.

Wir verabschieden uns glücklich von Horace und stimmen ihm darin zu, dass die globale Erwärmung gefährlich ist. Wir versprechen, für daheim Energiesparlampen zu kaufen. Alles in allem ist es ein umwerfendes Erlebnis.

Ich habe recht gehabt, dass Dad Horace gerne treffen würde. Seit wir heimgekommen sind, schwebt er auf Wolke sieben. Ich glaube, er wäre am liebsten so wie Horace. Mein ausgebuffter Plan, ihn aufzuheitern, könnte fast zu gut funktioniert haben.

Als wir uns zum Abendbrot hinsetzen – Spaghetti bolognese aus Billigmarkenzutaten –, verkündet er: »Ich möchte anfangen, Energiesparlampen zu kaufen.«

Mum sieht ihn misstrauisch an. »Hast du mit Tammy gesprochen? Hat sie dir das eingeredet?«

»Nein«, sagt Dad. »Horace King hat gesagt –«

»Oh nein, nicht schon wieder Horace King«, unterbricht ihn Mum. »Ich kann den Namen echt nicht mehr hören.«

»Mum, wir sind doch erst seit zwei Stunden zurück«, sage ich.

»Mir kommt es viel länger vor«, schimpft Mum.

»Was denn?«, widerspricht Dad. »Jessica und ich hatten auf der Vogelstation eine wunderbare Zeit. Die Energiesparlampen helfen dem Planeten und wir sparen mit ihnen sogar Geld. Ich habe im Internet gelesen, dass man bis zu fünf Pfund im Monat sparen kann.«

»Von wegen! Man spart viel weniger«, wendet meine Tante ein. »Da hört man ganz unterschiedliche Zahlen.«

»Hauptsache, wir sparen etwas«, sagt Dad.

»Ich stimme für Daddy«, mischt sich Ryan ein.

»Wie meinst du das, dass du für Dad stimmst?«, frage ich. »Wir machen doch keine Abstimmung.«

»Ich stimme für Daddys Lampen. Und mit dem Geld, das wir dann sparen, können wir wieder Schokolade kaufen«, erklärt Ryan.

»*Plus ça change, plus c'est la même chose*«, sagt meine Tante ganz in Gedanken.

»Was bedeutet das?«, fragt Dad.

»Je mehr sich die Dinge ändern, desto mehr bleiben sie gleich«, antworte ich, als es mir plötzlich wieder einfällt. »Das ist Französisch.« So geht der Rest von dem Spruch also. Ich habe gerade etwas Gelerntes in einer Alltagssituation verwendet. Verblüffend. So müssen sich richtig schlaue Menschen ständig fühlen.

»Wir wollen Schokolade! Wir wollen Schokolade!«, versucht Ryan, einen Sprechchor zu starten.

»Willst du damit sagen, dass du dich gern wiederholst?«, kommentiert Mum trocken.

»Wir wollen Schokolade!«

»Weißt du was, ich stimme auch für Schokolade«, sage ich. »Wenn sich jemand schon so engagiert, muss man das unterstützen.«

»Tja«, sagt Mum. »Falls wir tatsächlich beim Strom Geld sparen sollten, dann könnten wir eventuell wieder anfangen, Schokolade zu kaufen.«

»Jaaaaa!«, schreit Ryan und stößt eine Faust in die Luft.

»Mit der nächsten Einsparung kaufen wir erst mal einen neuen Außenspiegel für das Mädchen für alles!« *Nicht schon wieder dieser Spitzname, Mum!*

»Du brauchst einen neuen Außenspiegel?«, sagt meine Tante überrascht zu Mum.

Mum lacht. »Dachtest du, wir fänden es schick, den alten Spiegel mit Klebeband zu befestigen?«

Meine Tante lacht ebenfalls und verdreht die Augen.

»Tut mir leid, Schatz, den können wir uns noch nicht leisten«, sagt Dad traurig.

»Schokolade! Schokolade! Schokolade!«, skandiert Ryan, dem Mums Sorgen völlig egal sind.

»Wichtig ist, dass wir lernen, mit unserem Budget hauszuhalten«, erklärt Dad Ryan, auch wenn es wenig Sinn hat.

Ich glaube nicht, dass Ryan gelernt hat hauszuhalten. Ich glaube, seine Lektion lautet: »Geh allen so lange auf die Nerven, bis du endlich Schokolade bekommst.«

Was hat zwei Daumen und jede Menge Schokolade? *Ryan!* (Na, kommt schon, man muss einen bewährten Gag auch mal variieren.)

Seit der Begegnung mit Horace und all den Vögeln sind Natalie und ich mit vollem Einsatz bei der Sache. Seine Begeisterung für den Artenschutz ist ansteckend, und wir beschließen, so viel wie möglich an unserem Projekt zu arbeiten. Wir sind wahnsinnig inspiriert, als wir am nächsten Tag das Kapitel über Vögel schreiben, während die Erinnerung noch ganz frisch ist.

In der nächsten Woche habe ich kaum Gelegenheit, an den Comic zu denken, weil ich so viel Zeit mit Nat und unserem Artenschutzprojekt verbringe. Ich habe es verschmerzt, dass Scarlett es aufs Cover geschafft hat. Es kommt mir fast lächerlich vor, dass ich deswegen so einen Aufstand veranstaltet habe. Vielleicht hat es mir gutgetan, eine Pause einzulegen und weniger selbstsüchtig zu sein.

Nat und ich haben vereinbart, niemandem von unserem Ausflug zur Vogelaufzuchtstation zu erzählen, damit wir bei der Präsentation einen tollen Trumpf im Ärmel haben. Bis zu den Präsentationen ist es nicht mehr lange hin und mir wird ein bisschen bange.

Wenn mir etwas bevorsteht, das mir Angst macht, versuche ich normalerweise, es zu ignorieren. Aber das ist schwierig, wenn man Tür an Tür mit den VanDerks wohnt und das Thema, dem man zu entkommen versucht, auch nur ansatzweise mit der Schule zu tun hat.

»Ah, da kommt ja die kleine Jessica!«, ruft Mr VanDerk, als ich am folgenden Montag nach der Schule unseren Gartenweg entlanggehe. Er plaudert gerade über die Hecke hinweg mit Mum. »Wie laufen die Vorbereitungen für die Präsentation? Bist du aufgeregt?«

»Sie hat sehr hart gearbeitet«, antwortet Mum an meiner Stelle, als ich bei den beiden angelangt bin.

»Harriet ist nicht die Bohne aufgeregt«, sagt Mr VanDerk. »Aber als Klassensprecherin und Mitglied eines außerschulischen Debattierclubs ist sie natürlich daran gewöhnt, öffentlich zu reden.«

»Nun, Jessica hat … gute Instinkte«, sagt Mum, die wie immer versucht, in diesem aussichtslosen Wettstreit mitzuhalten. »Nicht wahr, Jess?«

»Oh ja«, stimme ich zu. Im Augenblick sagt mir mein Instinkt, dass ich ins Haus gehen sollte, weg von diesem Blödsinn.

In dem Moment hören wir einen aufheulenden Automotor und eine dröhnende Auto-Stereoanlage. Als wir zur Straße schauen, fährt Tante Joan in Mums Auto vor und kurbelt das Fenster runter.

»Hallöchen!«, ruft sie, dann stellt sie den Motor ab und steigt aus.

»Was hast du mit meinem Auto angestellt?«, kreischt Mum und rennt zur Straße. Ich folge ihr, ebenso wie Mr VanDerk.

»Um mich für das ganze Essen und alles zu bedanken, habe

ich es in die Werkstatt gebracht und den Außenspiegel reparieren lassen«, erklärt Joan. »Und wo es schon mal dort war, dachte ich, ein paar weitere Veränderungen könnten nicht schaden.«

»Sag bloß!« Mit offenem Mund starrt Mum ihr Auto an.

»Jetzt hat es außerdem eine brandneue Stereoanlage mit Digitalradio und jeder Menge Boxen, Halogen-Scheinwerfer, eingebaute Navigation und Tassenhalter. Oh, und neue Reifen, die bei Bedarf auch geländetauglich sind. Ziemlich cool, was?«

»Und was hat es mit den Flammen auf der Karosserie auf sich?«, frage ich.

»Ach die? Die hat der Typ in der Werkstatt gratis draufgemalt«, sagt meine Tante. »Ich glaube, sein eigentlicher Berufswunsch ist Grafik-Designer.«

»Wie in aller Welt kamst du nur auf –« Mum ist so baff, dass sie nicht mal fertig reden kann.

»Dieses Auto sieht aus, als würde es einem jugendlichen Raser gehören«, bemerkt Mr VanDerk steif.

»Es sieht aus wie ein geölter Blitz«, finde ich.

Und dann, als ich gerade denke, dass Mum gleich der Schädel explodiert, bricht sie in schallendes Lachen aus. Sie lacht und lacht. Sie krümmt sich vor Lachen und muss sich Tränen aus den Augenwinkeln wischen, bevor sie aufhören kann. Dann umarmt sie Joan.

»Du bist komplett irre«, sagt sie zu ihrer Schwester. »Was würde ich nur ohne dich machen?«

»In einem unauffälligen Auto fahren«, bemerke ich. Aber da lachen die beiden nur noch mehr.

20. kapitel

»Harriet VanDerk und Amy White«, ruft Miss Price. Die beiden kommen als Erste dran. Sämtliche Schüler des sechsten Jahrgangs sitzen in der Aula und sind unglaublich nervös. Heute ist *Präsentationstag*.

Einige Mitglieder des Interessenverbands für Artenschutz bilden gemeinsam mit unseren Lehrern die Jury und vergeben Preise und so. Dadurch hat alles einen offiziellen, ernsten Anstrich.

Als Harriet und Amy fertig sind, klatschen wir alle höflich, und Mrs Cole sagt, Harriet hätte »die Latte sehr hoch gelegt«. Dann holt sie das nächste Team auf die Bühne.

Die nächsten Präsentationen sind nicht ganz so gründlich wie die erste. Megan und Emily haben nur halb so viele Fakten zu berichten und reden aus irgendeinem Grund unentwegt über ihre Fahrradtour und die Landschaft, die sie unterwegs gesehen haben. Dann sagen sie, dass wir die Umwelt schützen müssen, damit auch andere Menschen so schöne Fahrradtouren unternehmen können. Das stimmt zwar, aber es klingt nicht wirklich sachlich.

Cherry und Shantair, meine Freundinnen aus dem Schachclub, haben eine Menge toller Informationen, aber Cherry nuschelt und sieht beim Sprechen nach unten, deswegen ist nicht alles zu verstehen, was sie sagt. Shantair ist außerdem wirklich schüchtern, obwohl sie in die Theatergruppe geht. Sie hat mir mal erzählt, dass sie es hasst, vor Publikum zu reden, und dass das einer der Gründe ist, warum sie in die Theatergruppe geht. Es soll ihr helfen, ihre Angst zu besiegen.

Joshua und Lewis schaffen es, ihr Projekt mit Dracula und einer Reihe von Comicfiguren zu verknüpfen (fragt nicht). Sie erwähnen, dass eine Pflanze namens *Black Mercy* Superman einschlafen lässt und dass *Captain Carrot*, ein gewöhnliches Kaninchen, zum Superhelden wurde, nachdem es Möhren gegessen hatte, die vom Blitz getroffen worden waren.

Sie gehen der Frage nach, ob man mit Knoblauch wirklich einen Vampir verjagen kann, schlagen dann aber raffiniert eine Brücke zum wahren Leben, indem sie sagen, dass wir durch die Abholzung des Regenwalds viele zukünftige Medikamente aus noch nicht entdeckten Pflanzenarten zerstören. Das geht ein bisschen an unserer Aufgabenstellung vorbei, da es nicht von unserer heimischen Tierwelt handelt, aber es ist auf jeden Fall die spannendste Präsentation und die, die mir bis jetzt am besten gefallen hat.

Cassy und Amelia haben viele gründlich recherchierte und beeindruckende Informationen, aber das Team von *Cool For Cats* hat ihnen nicht geantwortet (wahrscheinlich, weil sie ihren Brief überhaupt nie bekommen haben), darum denke ich, dass sie eine schlechtere Note bekommen werden, da sie die Aufgabe nicht vollständig erfüllt haben. Mir tut Amelia immer noch ein bisschen leid. Ein *bisschen*.

Tanya Harris und ihr Partner Alex Slater (einer der frechen

Jungs, vor denen ich mich früher gefürchtet habe) zeigen eine geniale Präsentation über die Bedeutung von Bienen. Sie hoffen, dass das Aufzuchtprogramm zu deren Rettung genauso erfolgreich sein wird, wie es das Otteraufzuchtprogramm gewesen ist. Tanya macht ein paar Witze darüber, dass sie gleich wieder abschwirren werden, aber alles in allem hält sie eine tolle Rede. Ich weiß nicht, wieso sie sich so gesträubt hat, als sie beim Erscheinen des ersten Comics eine Rede halten sollte.

Ich weiß, dass ich nicht unvoreingenommen bin, aber ich finde, dass die ehemaligen ACE-Mitglieder von GUF viel bessere Präsentationen halten als die ehemaligen CAC-Mitglieder von GUF.

Endlich sind Nat und ich mit unserer Präsentation an der Reihe. Als wir auf die Bühne hochgehen und dort vor dem gesamten Jahrgang stehen, spüre ich, wie meine Knie zittern, aber als ich an mir herunterschaue, bewegen sie sich gar nicht. Seltsam. Und als Natalie zu reden anfängt, habe ich Schmetterlinge im Bauch.

»Wir haben uns besonders für Vögel und deren Arterhalt interessiert, darum haben wir an Horace King geschrieben«, sagt sie. (Ich meine, in der Menge zu sehen, wie Amelia den Kopf schüttelt und Cassy angrinst.) »Darum waren wir natürlich besonders aufgeregt, als er geantwortet hat ...«, fährt Natalie fort.

Als sie das sagt, geht ein hörbares Raunen durch die Menge. Die Kinder tauschen Blicke und sehen dann uns an, als wären sie nicht sicher, ob das wahr ist. Amelia fällt die Kinnlade runter.

Natalie erzählt weiter, wie wir die berühmte Eule Poppy getroffen haben. Ich halte ein großes Foto von uns und Horace hoch. Dad hat mir geholfen, es zu vergrößern, damit alle es sehen können.

Dann übernehme ich das Reden und berichte, was Horace uns über Artenschutz erzählt und wie er uns in seiner Aufzuchtstation herumgeführt hat. Dann erkläre ich, wie wichtig es ist, natürliche Lebensräume von Tierarten wie dem Dachs zu erhalten. (An dieser Stelle hält Natalie meine riesige Dachszeichnung hoch.)

Während ich rede, werde ich sicherer, und obwohl ich es immer noch nervenaufreibend finde, fühlt es sich doch normaler an und ich kann mich vor der Menge immer ungezwungener geben. Als wir fertig sind, bin ich mit mir zufrieden.

Nachdem alle dran waren, müssen sich die Juroren zurückziehen und besprechen, was sie von den Präsentationen halten. Dann kommen sie zurück, und Mrs Unwin, die Vorsitzende der Artenschutzkommission, hält eine kurze Rede darüber, wie beeindruckt sie ist und wie schwer es doch war, ein Urteil zu fällen, weil wir alle unsere Sache so ordentlich gemacht haben. Dann werden die Preise verteilt. Jeder bekommt einen Preis für irgendetwas, aber einige bekommen zusätzlich eine Belobigung.

Joshua und Lewis bekommen einen Preis für den originellsten Vortrag. Megan und Emily bekommen einen Preis dafür, dass sie den praktischen Nutzen und die Vorteile für jeden bedacht haben. Harriet und Amy bekommen einen Preis *und* eine Belobigung dafür, dass sie so einfallsreich und informativ waren. Amelia und Cassy bekommen einen Preis für ihre schön aufgebaute Präsentation, aber keine Belobigung.

Schließlich wird verkündet, dass nur noch eine weitere Belobigung vergeben wird. Cassy und Amelia stupsen sich gegenseitig an und wirken erleichtert.

»Also dann«, sagt Mrs Unwin. »Die letzte Belobigung geht an Jessica und Natalie für die künstlerische Leistung.«

Ich kann es nicht fassen! Natalie stupst mich an und grinst. Wir müssen nach vorne gehen und unsere Plastikmedaillen in Empfang nehmen, während alle klatschen. Na ja, fast alle. Amelia und Cassy klatschen nicht. Joshua versucht, durch die Finger zu pfeifen, mit ziemlich kläglichem Resultat.

Mrs Unwin hängt uns die Medaillen um den Hals und schüttelt uns die Hand. Dann wendet sie sich an alle und sagt: »Den Preis bekommen die beiden, weil es nicht reicht, über die Umweltprobleme zu reden und zu schreiben. Es ist genauso wichtig zu zeigen, wie wundervoll die Tier- und Pflanzenwelt ist. Wir werden in der Zukunft eine neue Generation von Künstlern brauchen, die unsere instinktive Verbindung mit der Umwelt lebendig hält. Bilder können alle möglichen Gefühle beim Betrachter auslösen. Gefühle, wie wir Juroren sie empfunden haben, als wir diesen wunderschönen Dachs gesehen haben.«

Ich glaube, ich mag die Lady mit den Medaillen. Sie versteht, worum es in der Kunst geht. Sie mag Zeichnungen. Sie scheint genau nachvollziehen zu können, was ich gefühlt habe, als ich den Dachs gezeichnet habe. Ich habe mich durch meine Kunst ausgedrückt. Das ist umwerfend!

Hinterher dürfen wir uns endlich miteinander unterhalten

und uns gegenseitig gratulieren. Wir sind alle super gelaunt und bekommen Erfrischungen – Fruchtsaft und Kekse –, weil wir so hart gearbeitet haben. Heute ist ein toller Tag.

Joshua kommt zu mir. »Hey, Glückwunsch zu deinem Bild«, sagt er.

»Glückwunsch zu deiner Präsentation«, antworte ich. »Die war genial.«

»Dein Bild auch.«

Auf der anderen Seite der Aula sehe ich Amelia und Cassy wütend miteinander reden. Ich kann es nicht fassen, dass sie nicht für uns geklatscht haben. Wir haben für sie geklatscht. Es ist, als wollten sie die Einzigen sein, die gut in etwas sind. War ich so, als es um Scarlett und Cartoons ging?, frage ich mich. Hoffentlich nicht.

Ich muss unbedingt aufhören, mich wegen Belanglosigkeiten aufzuregen, und einfach leben und leben lassen. Das bringt mich auf eine Idee für einen Cartoon …

Plötzlich wird mir bewusst, dass Joshua mich anstarrt. »Was ist?«, frage ich ihn.

»Nichts«, sagt er. »Ich bin nur froh, dass wir wieder Freunde sind. Es gefällt mir besser, wenn du nicht wütend irgendwo rausstürmst.«

»Du bist halt auch nur ein Mensch«, scherze ich. Aber wenn du denkst, ich wäre rausgestürmt, dann hättest du mal meine Tante Joan erleben sollen, denke ich im Stillen. »Natürlich sind wir Freunde«, füge ich hinzu.

»Gut«, sagt er. »Ich mag dich nämlich.«

Ich lache. Er zuckt nicht mit der Wimper, sondern schaut mich ruhig an.

»Ah, ich verstehe. Du meinst es ernst«, sage ich. »Okay. Also, ich mag dich auch.«

»Au ja! Gruppenumarmung!«, ruft Tanya Harris, packt uns beide und schiebt uns zusammen. »Die alte Bande ist wieder vereint!« Sie lässt uns los. »Ich wusste, dass du deine Meinung ändern würdest, Toons.«

»Machst du wieder beim Comic mit?«, fragt Joshua.

Hmmm. Ich habe gesagt, dass ich nicht mehr so egoistisch sein möchte und anderen Dingen in meinem Leben die gleiche Aufmerksamkeit widmen will. Aber das ist mir im Grunde schon gelungen. Und dann hatte ich eben erst eine Idee für einen neuen Cartoon …

»Okay«, sage ich lächelnd.

»Super!« Tanya vereint uns in einer weiteren Umarmung.

»Juchhe!«, sagt Joshua mit leichtem Sarkasmus.

»Ich habe mir etwas überlegt«, sagt Tanya, als sie uns wieder loslässt. »Wir brauchen eine Website …«

Und schon erzählt sie uns von ihrem neuesten Geschäftsplan. Das könnte Spaß machen. Und überhaupt bin ich jetzt eine *Künstlerin.*

Als ich daheim ankomme, stört es mich ausnahmsweise nicht, dass die VanDerks an der Hecke lauern, um sich auf Mum zu stürzen. Das kommt nicht daher, dass ich diesmal auch einen Preis vorzuweisen habe, sondern weil ich jetzt eine Zukunft habe und es mich nicht mehr stört, von ihnen genervt zu werden.

Alles wird genial werden. Da ist diese Dame mit dem ordentlichen Beruf (die an unsere Schule kam), die daran glaubt, dass

Kunst wichtig ist und dass sie Menschen auf schwer zu beschreibende und bedeutende Weise anspricht.

Und nicht nur das, sie glaubt an meine Kunst. Mein Dachs hat sie angesprochen. Ich bin womöglich gut in etwas, das Menschen in der richtigen Welt brauchen. Ich kann nicht nur Cartoons zeichnen (die natürlich auch wichtig sind und gebraucht werden, ganz egal, wie andere darüber denken), sondern ernsteres Zeug. Ich könnte versuchen, noch mehr ernstes Zeug zu zeichnen. Das werde ich machen. Vielleicht wünsche ich mir zum Geburtstag neue Buntstifte.

»Wie hat Jessica heute abgeschnitten?«, fragt Mrs VanDerk. »Unsere Harriet hat eine *Belobigung* bekommen.«

»Tja, das ist sehr schön«, sagt Mum mit ihrer gekünstelt glücklichen Stimme. »Meine kleine Jess hat auch eine bekommen.« Sie legt den Arm um mich. »Ich schätze, wir sind jetzt alle in der Liga der Gewinner.« Sie wirft ihnen einen bedeutungsvollen Blick zu.

Das Lächeln auf den Gesichtern der VanDerks erlischt. Ich weiß, dass sie die Vorstellung hassen, in der gleichen Liga zu spielen wie meine Eltern. Aber meine ehrliche Meinung ist, dass Mum sich gerade auf ihr Niveau herabbegibt.

»Mum! Mum!«, ruft jemand von der Straße. Wir drehen uns um und sehen Tante Joan und Tammy den Gartenweg entlangkommen mit einem aufgeregten Collie-Mischling, der heftig an seiner Leine zieht.

»Was zum –«, fängt Mum an.

»Hey, Süße!«, sagt Tante Joan, als der Hund noch stärker an der Leine zieht und auf Mum zuspringen will. »Ich habe dir einen Hund besorgt«, erklärt sie.

»Sie wurde gerettet«, sagt Tammy glücklich. Eine eisige Stille entsteht, als Mum sie einfach nur ungläubig anstarrt, während die Hündin bei dem Versuch, sich loszureißen, fast erstickt und zu husten anfängt.

»Gern geschehen«, sagt meine Tante vergnügt.

Die VanDerks versuchen nicht mal, ihr Grinsen zu verbergen.

Tante Joan führt weiter aus: »Ich habe zu Tammy gesagt: ›Wenn man will, dass etwas passiert, dann muss man es in die Tat umsetzen.‹ Wünschen allein hat noch nie geholfen. Also habe ich zu ihr gesagt: ›Du willst diesen Hund retten? Dann rette diesen Hund.‹ Ich bin eine Frau der Tat. ›Mach es einfach.‹ Das sage ich immer.«

So läuft das also, wenn man nach Werbeslogans lebt, denke ich. Man bekommt Schokolade und Hunde.

Mum findet schließlich ihre Stimme wieder. »Oh Gott. Ins Haus mit euch«, zischt sie mit einem Seitenblick auf die VanDerks.

»Tschüs!« Die VanDerks winken fröhlich.

»Dürfen wir ihn behalten?«, platze ich heraus, als ich ihnen zur Haustür folge.

»Drinnen«, zischt Mum. »Tschüschen!«, flötet sie noch den VanDerks zu.

Die Haustür fällt ins Schloss. Ein Riesenkrach bricht los.

Aber das ist mir egal, denn ich bin sowohl Künstlerin als auch Cartoonistin; Natalie ist für immer meine beste Freundin; ich mache bei einem geilen Comic mit, ohne durchzudrehen; und jetzt haben wir sogar einen Hund.

OETINGER TASCHENBUCH

ABENTEUER AUF DEM
MEERESGRUND

Dagmar H. Mueller
Das Meermädchen-Internat. Willkommen auf Korallenkrone! (Bd. 1)
192 Seiten I ab 10 Jahren
ISBN 978-3-8415-0430-2

Alani kann es gar nicht glauben: Sie darf in das glitzernde, fischfeine Meermädchen-Internat Korallenkrone weit, weit weg von zu Hause. Dort lernt sie schon bald das freche Meermädchen Tay und den Meerjungen Polo kennen. Gemeinsam mit ihren neuen Freunden macht ihr der Seepferdchen-Weitsprung gleich doppelt so viel Spaß.

www.oetinger-taschenbuch.de

LESEPROBE

petins anti-internatsplan

„Deine Eltern haben WAS gesagt?", fragt Petin eine Stunde später und kriegt den Mund fast nicht mehr zu. „Du sollst in ein – INTERNAT?" Er spricht das Wort so angeekelt aus, als handele es sich um Haifischkotze.

Und, ehrlich gesagt, kann man das ja verstehen.

Trotzdem muss ich über Petins Gesicht grinsen. „He, pass auf! Wenn du den Mund noch weiter aufmachst, wird dir gleich ein Schwarm Lodden reinschwimmen!"

Lodden sind klitzekleine Lachsfische, die es bei uns hier unten haufenweise gibt. Sie schießen in größeren Grüppchen hier und dort herum.

Petin schließt den Mund und zieht eine Grimasse. „Aber warum? Warum sollst du weg von hier? Warum ist unsere Schule hier unten plötzlich nicht mehr gut genug? Dein Vater kann doch all diese aufgemotzten Meerkatzen überhaupt nicht ausstehen! Warum will er dich dann plötzlich in so eine Schule schicken?"

„Das ist ja das Merkwürdige!", bricht es aus mir heraus. „Ich habe das Gefühl, mein Pap WILL das gar nicht. Und meine Mam wahrscheinlich auch nicht. Aber irgendwie ..."

„... tun sie es doch?", vollendet Petin meinen Satz. „Dich wegschicken, meine ich?"

Ich nicke traurig.

„Du hast recht", sagt Petin düster, „da kann nur dieser dunkle Kerl dahinterstecken, der gestern Abend bei euch eingetaucht ist."

Ich seufze. „Ja."

Dann schweigen wir.

„Wann? Wann musst du ...?", fragt Petin schließlich.

„Montag bringt mich Pap runter zum Kanarenstrom."

„Diesen Montag schon?" Petin reißt die Augen auf.

Ich nicke. „Mhm ..."

„Und du schwimmst von dort aus alleine?"

„Na ja", erkläre ich, „nicht wirklich. Die Reise wird wohl von dieser Schule organisiert. Alle Mädchen schwimmen das letzte Stück alleine mit dem Strom. Aber es stehen Lehrer am richtigen

Ausstieg, sodass man nicht aus Versehen zu weit rauscht und ...", ich kichere, „... erst am Südpol wieder auftaucht."

„Der Kanarenstrom führt überhaupt nicht bis zum Südpol." Petin ist besser in Erdkunde als ich, aber viel Humor scheint er heute nicht zu haben. „Er führt an der afrikanischen Küste vorbei zu den Kanaren und wird dann zum atlantischen Nordäquatorialstrom, der dann wiederum auf die andere Seite des Atlantiks nach ..."

„Ist ja auch egal", sage ich schnell, bevor Petin hier noch eine ganze Schulstunde wiederholt, „ich meinte ja nur so."

Petin reagiert kaum. Er sieht immer noch so geschockt aus, als müsse er selbst in ein Internat abschwimmen.

Doch plötzlich leuchtet sein Gesicht auf.

„Ich hab's! Hör zu!" Er strahlt mich an. „Wenn sich der Strom der Internats-Ausstiegsstelle nähert, schwimmst du einfach, so weit es geht, in der Mitte. Da kann dich keiner sehen. Weder vom Ausstieg auf der rechten Seite noch vom Ausstieg auf der linken." Er grinst. „Du musst nur aufpassen, dass du nicht in einen Fischschwarm gerätst und plötzlich mitgerissen wirst und – hihi – erst in einem Fischtrog wieder auftauchst."

Petin rollt mit den Augen wie ein Kugelfisch beim Anblick eines Riesenkraken. Im Grimassenschneiden ist er nicht zu schlagen!

Ich gucke ihn böse an. „Sehr witzig!"

Die Vorstellung, zwischen Tausenden von stinkigen Fischen in einem Salztrog zu landen und hilflos zu strampeln, um nicht erdrückt zu werden, und dann von dort erst von irgendwelchen Meerarbeitern möglicherweise an den Haaren herausgezogen zu werden, ist nicht sehr komisch. Auch wenn ich nicht Stunden morgens mit Schuppenpflege oder Haarebürsten verbringe, möchte ich doch nicht unbedingt wie ein Fisch riechen.

Nein, die Mitte des Stroms sollte ich wohl besser meiden. Und überhaupt, was würde das schon nützen, den richtigen Ausstieg zu umgehen?

„Und dann?", frage ich. „Soll ich dann die nächsten Monate einsam und allein irgendwo im Ozean vor mich hin dümpeln? Bloß um nicht in diesem dämlichen Internat zu landen?"

„Quallenquark!", wischt Petin immer noch total

begeistert von seiner Idee meine Einwände beiseite. „Du rufst mich natürlich sofort vom nächsten Muschelfon aus an. Dann sagst du mir, wo du bist, und dann …? Na?"

Er macht eine Atempause und sieht mich erwartungsvoll an. Genau wie der Moderator im Muschelmonitor bei „Wer wird Meeriardär" seine Kandidaten anglotzt, nachdem er die Hunderttausend-Perlen-Frage gestellt hat.

„Und dann?", wiederhole ich begriffsstutzig.

„Und dann komme ich!", antwortet Petin triumphierend. „Und ab geht's! Verstehst du nicht?"

Seine Augen strahlen und sein rechter Mundwinkel zuckt. Das tut sein Mund immer, wenn Petin aufgeregt ist.

„Verstehst du nicht?", wiederholt er begeistert. „Du und ich und die weite Welt! Endlich! Jaaa, Welt! Ja, wir koooommen!"

Ich lächele. Petin ist echt lieb. Aber dass wir beide einfach zusammen abhauen, das ist doch eine Kleinkinderidee! Oder nicht?

„Mann, Petin, was sollen wir denn in der weiten Welt machen? Wir haben doch gar keine Perlen, um irgendwo anders zu leben. Und außerdem ist man mit elf oder zwölf noch nicht wirklich alt genug, um allein zu leben."

Petin ist nämlich ein winziges halbes Jahr älter als ich und schon zwölf.

„Sei nicht so schissrig!", raunzt Petin mich an. „So kenne ich dich ja gar nicht!"

Natürlich hat er recht. Ich weiß auch nicht, wieso ich plötzlich so schilfgrasmäßig brav klinge.

Vielleicht weil Mam und Pap so ernst in ihrer Entscheidung waren? Und weil sie dabei so traurig aussahen? Auch wenn sie tapfer versuchten zu lächeln. Ich hatte heute Morgen irgendwie das tiefe Gefühl, dass ich ihnen zuliebe tun sollte, um was sie mich bitten.

Ich seufze. Klar, dass Petin das nicht versteht. Ich schreie ja sonst bei jedem vorbeischwimmenden Abenteuer so laut es geht „HIERHER!". Mir ist kein Ausflug jemals zu gefährlich, kein Abgrund zu tief, keine Unterwasserströmung zu reißend und nichts Neues zu aufregend.